Friedrich Scherer

Eine Botschaft der Blinden an die Sehenden

Friedrich Scherer

Eine Botschaft der Blinden an die Sehenden

ISBN/EAN: 9783741127489

Manufactured in Europe, USA, Canada, Australia, Japa

Cover: Foto ©Andreas Hilbeck / pixelio.de

Manufactured and distributed by brebook publishing software
(www.brebook.com)

Friedrich Scherer

Eine Botschaft der Blinden an die Sehenden

Eine

Botschaft der Blinden

an die Sehenden,

durch

Friedrich Scherer,
Blindenlehrer und Vertreter des Blindengenossenhauses.

Fünfte Auflage.

Ansbach,
Druck der Carl Junge'schen Officin.
1865.

Blind!

I. Das blinde Kind.

Der Mutter sanftes Auge
Hat niemals mir gelacht;
Des Lenzes Glanz und Prangen
Ist nicht für mich gemacht.

Doch spüre ich das Wehen
Des Zephyrs voller Lust,
Dann zieht der junge Frühling
Auch ein in meine Brust.

Und wenn auf meine Stirne
Die Mutter mich geküßt,
Dann fühle ich, wie köstlich
Die Mutterliebe ist.

Und wenn mit mildem Tone
Die Mutter zu mir spricht,
Dann tönt's in meinem Herzen:
„Du bist so elend nicht."

II. Der blinde Jüngling.

Nicht hinter'm Ofen laßt mich einsam kauern!
Mein Herz drängt mich hinaus, weit in die Welt,
Und mag der Streit auch draußen auf mich lauern,
Ich trete keck hervor aus meinem Zelt.
Mit Freuden gehe ich dem Kampf entgegen;
Denn Gott wird bei mir sein auf meinen Wegen.

Der Menschen Thorheit fordr'e ich zum Streite,
Und vor der Bosheit beb' ich nicht zurück;
Ich fühl' ein mächt'ges Schwert an meiner Seite,
Das mir verschaffen wird des Sieges Glück.
Den Seh'nden will durch Wort und That ich's sagen,
Daß selber sie mit Blindheit sind geschlagen.

III. Der blinde Mann.

Es war umsonst! — Mein ganzes Streben
Ward von der Welt verhöhnt, verlacht;
Und fluchen möchte ich dem Leben,
Das mich bis hieher hat gebracht.

Gäb's keinen Ort, wo Trost zu suchen
In leiblicher und geist'ger Nacht,
Gewiß, ich müßt' der Stunde fluchen,
Die mich zum Menschen einst gemacht.

Ja, Gott, nur Du kannst Frieden senden
In dieses irb'sche Jammerthal;
Und Du wirst einst die Herzen wenden
Auf unser Elend, uns're Qual.

IV. Der blinde Greis.

Ich hab' der Welt vergeben,
Was sie an mir gethan;
Wenn sie mich kränkte, war es
Nicht Bosheit, sondern Wahn.

Ich denk' in Ruh' des Wehes,
Das mich einst tief gebeugt,
So wie der stolze Sieger
Die tiefe Narbe zeigt.

Und freudig blick' der Zukunft
Ich in das Angesicht;
Denn aus dem dunkeln Flore
Schau' ich zu Gottes Licht.

O, eine edle Himmelsgabe ist
Das Licht des Auges! — Alle Wesen leben
Vom Lichte; jedes glückliche Geschöpf,
Die Pflanze selbst kehrt freudig sich zum Licht.
Und er (der Blinde) muß sitzen, fühlend in der Nacht,
Im ewig Finstern. Ihn erquickt nicht mehr
Der Matten warmes Grün, der Blumen Schmelz;
Die rothen Firnen kann er nicht mehr schauen.
Sterben ist Nichts; doch leben und nicht sehen,
Das ist ein Unglück!

Schiller.

Mit diesen Worten des großen Dichters trete ich vor Euch, Ihr Glücklichen, die Ihr Euch der edlen „Himmelsgabe" erfreut, die Ihr in vollen Strömen das himmliche Licht in Euch sauget; ich trete vor Euch als einer von Denen, die da wandeln „fühlend in der Nacht, im ewig Finstern," gleichsam als ein Bote Derer, die gleich mir der Himmelsgabe des Augenlichts beraubt sind. Ich trete vor Euch in der Voraussetzung, daß Ihr alle Herrlichkeit der Welt sehen könnt, und daß Ihr Eurem Schöpfer dafür von Herzen dankbar seid. Und wo ein Herz von Dank für Gottes Güte erglüht, da wohnt auch Liebe, da brennt auch das Feuer himmlichen Mitgefühls für die leidenden Brüder. Zu solchen Herzen komme ich zu reden, solche Herzen will ich erwecken für eine Sache, für welche zu arbeiten der Geist Gottes mich treibt und die kein anderes Ziel hat, als das Loos meiner armen Leidensgenossen in ganz Deutschland durchgreifend zu mildern und zu bessern.

Aber damit Ihr wisset, was ich sei und wie ich dazu komme, mich so großer Arbeit zu vermessen, gestattet mir, daß ich Euch zuvörderst er= zähle von den Wegen, die mich der Vater im Himmel geführt in meiner Finsterniß.

Auch ich habe einmal den Glanz der Sonne, das Blau des Him= mels, das Grün der Fluren, die Farbenpracht der Blumen und, was schöner als dies alles ist, das selige Lächeln im Antlitz der liebenden Mutter geschaut. Aber ich habe keine Erinnerung daran, denn mein Augenlicht erlosch noch vor dem Erwachen des inneren Lichtes, der Flamme des Bewußtseins. Als diese in mir aufglühte, waren meine Augen in Nacht gehüllt: die Hand eines Dorf=Baders, der mich in einer Kinder= krankheit behandelte, hatte die Sehkraft auf immer zerstört.

Denkt Euch, Ihr Eltern, die Ihr ein liebes munteres Kind habt, das die Freude des Vaters und die Wonne der Mutter ist, denkt Euch das Gefühl einer Mutter, wenn sie plötzlich inne wird, daß das Auge ihres Lieblings, das sie noch vor kurzem beseligend angeleuchtet und angelacht, sie jetzt empfindungslos anstarrt! Das liebe, süße Auge erloschen; ewige Nacht das Loos des theuren Lieblings; ins Grab gesunken alle schönen Hoffnungen, die sich an dieses junge Leben knüpfen — o wer möchte den Schmerz, den ungeheuren Kummer einer solchen Mutter ermessen!

Meine Mutter mußte diesen Schmerz doppelt empfinden, weil sie kurz zuvor auch den theuren Gatten, den Vater ihrer Kinder verloren, und ihre Thränen um ihn noch nicht getrocknet waren, als sie das Augenlicht ihres jüngsten Sohnes zu beweinen hatte. Es wäre wohl nicht zu verwundern gewesen, wenn sie den so schnell über sie hereinbrechenden Schlägen erlegen wäre. Aber meine Mutter war eine fromme, starkmüthige Frau, die durch Gebet und Arbeit die Uebermacht des Schmerzes überwand und sich noch lange ihren unerzogenen Kindern, insbesondere ihrem „blinden Friedel" erhielt, der in seinem neuen traurigen Zustande und in der ihm fortwährend verbleibenden Kränklichkeit ihre Sorgfalt doppelt in Anspruch nahm.

Der „blinde Friedel" war trotz seiner Blindheit und Kränklichkeit ein munteres, aufgewecktes Kind, das gar wißbegierig nach allem forschte, was seinen Sinnen und seinem Begriffsvermögen erreichbar war, und durch sein Forschen und Fragen seine Umgebungen manchmal gar in Verlegenheit brachte. Auch geschah es ihm oft, daß seine Wißbegierde ihm den Schein eines muthwilligen Zerstörers und harte Strafe zuzog, wenn er von dieser Wißbegierde getrieben, irgend einen nützlichen Gegenstand aufgegriffen und in seine Bestandtheile zerlegt hatte, denn es genügte ihm nicht bloß die Oberfläche zu betasten, er wollte das ganze Ding, von Innen wie von Außen, kennen. Er hatte freilich keine Ahnung davon, welche Bedeutung für eine arme Mutter, die ihre Familie von ihrer Hände Arbeit erhalten mußte, eine Ausgabe von vielleicht nur wenig Kreuzern hatte, welche ihr die Untersuchungslust ihres Söhnleins verursachte.

Nicht von so schmerzlichen Erfahrungen war die Befriedigung meiner Lernbegierde auf anderm Gebiete begleitet. In ihren Mußestunden sagte mir die gute Mutter, oder auch an ihrer Statt die Großmutter Sprüche vor, oder sie erzählten mir Geschichten. Das war eine rechte Weide für meinen jungen Geist! Wie begierig konnte ich da stundenlang lauschen! Und da mich die Mutter und Großmutter die Sprüche wiederholen ließen, so übte ich mein Gedächtniß so, daß ich bald Alles, was ich hörte, fest darin behielt und nicht nur längere Sprüche und Verse, sondern auch größere Geschichten treu wiedergeben konnte.

So lange Mutter und Großmutter Sprüche und Verse vorzusagen und Geschichten zu erzählen hatten, war ich mit dieser Art geistiger Nahrung vollkommen zufrieden. Aber es kam die Zeit, wo der Vorrath der beiden Frauen daran zu Ende ging und wo zugleich das Bedürfniß nach reichlicherer Nahrung in mir erwachte. Ich hörte von den

Nachbarskindern, wie sie in der Schule noch eine Menge anderer Dinge lernten, und mich ergriff ein mächtiges Verlangen nach der Schule. Obgleich ich aber bereits das schulpflichtige Alter erreicht hatte, so galt ich doch wegen meiner Blindheit für unfähig zum Schulbesuch. Die Mutter unterließ daher, mich in die Schule zu bringen. Da folgte ich dem Drange in meiner Brust und ging heimlich, ohne Wissen der Meinigen in die Schule.

Ein neues Leben ging mir hier auf: ich vernahm Dinge, die ich zuvor nie gehört. Zwar saß ich da unbemerkt und unbeachtet von irgend einem Lehrer, und mit stiller Lust lauschte ich ihren Lehren, ihren Fragen und den Antworten der Schüler. Und was ich hörte, war mein Eigenthum. Doch nicht lange genügte mir die Rolle des stummen, eigentlich nur geduldeten Zuhörers. Ich wollte ein thätiger, vollbürtiger Schüler sein. Als eines Tages einer der Lehrer eine Frage an die Schüler richtete, welche keiner von ihnen zu beantworten wußte, trat mir unwillkürlich die Antwort, die ich aus dem gehörten Unterricht gemerkt, über meine Lippen, und da sie beifällig aufgenommen ward, so gewann ich den Muth, in allen ähnlichen Fällen dreist zu antworten. Bald wagte ich es auch, über Gegenstände, über die ich mich zu unterrichten wünschte, Fragen an die Lehrer zu richten, und dadurch erst lenkte ich ihre Aufmerksamkeit auf mich, so daß sie sich ernstlich mit mir beschäftigten. Insbesondere that dies einer, Namens Hirschmann, der den „blinden Friedel" liebevoll an sich zog, ihn mit in seine Wohnung nahm, und ihm hier von seiner Gattin und seiner Tochter aus lehrreichen Büchern vorlesen ließ.

O Ihr glücklichen Sehenden, die Ihr im Kreise Eurer Bekannten so ein armes, verlassenes Kind wisset, sorget dafür, daß es dergleichen Wohlthat theilhaftig werde, die mir die Familie jenes edlen Lehrers erwies; es ist die größte Wohlthat, die Ihr ihm erzeigen könnt. Welche unvergeßlich schöne Stunden waren es, die ich im Hause des Lehrers, meinen Geist mit nützlichen Kenntnissen bereichernd, verlebte. Die beiden Frauen entledigten sich ihres Liebesdienstes mit der freundlichsten Bereitwilligkeit. Bald war es ein Abschnitt aus der heiligen Schrift, bald ein Stück aus der großen Geschichte der Menschheit, bald eine Schilderung aus der Natur, bald ein Kapitel aus der Länder- und Völkerkunde, was sie mir vorlasen. Wie glücklich, wie befriedigt, wie neubelebt ging ich nach jeder solchen Vorlesung heim unter mein mütterliches Dach!

Daheim überdachte ich das Gehörte und prägte es meinem Geiste unauslöschlich ein. Dabei entfremdete ich mich dem kindlichen Leben nicht. Hatte ich die genossene Geistesnahrung verdaut, dann gab ich mich um so fröhlicher den kindlichen Spielen hin. Auf dem Spielplan gab ich meinen sehenden Jugendgenossen nichts nach an munterer Beweglichkeit. Lieber aber schweifte ich allein in Feld und Wald umher, sprang über Bäche und Gräben, oder kletterte auf die höchsten Bäume, jobelte und sang wie ein Vogel, dicht an ihre Wipfel geschmiegt. Auch mein Spielzeug wollte ich haben, so gut wie meine sehenden Kameraden. Die hatten ihre hölzernen Soldaten, Säbel, Flinten, Pferde, Wagen — ich wollte das alles auch haben. Aber woher nehmen, da meine arme Mutter es mir nicht kaufen konnte? Noth macht erfinderisch: ich nahm Messer und Holz und versuchte mir mein Spielzeug selbst zu schnitzen. Da kam nun freilich zuerst plumpes Zeug zum Vorschein; aber ich blieb beim ersten Versuch nicht stehen. Das nächste Mal war es schon besser, und ich ruhte nicht, bis ich Gegenstände zuwege brachte, welche den Beifall Aller, die sie sahen, fanden. Am liebsten bildete ich Gegenstände der Landwirthschaft nach, wie Wagen, Eggen, Pflüge, Pferde, Ochsen und dergl. und in der Nachbildung dieser Gegenstände brachte ich es nach und nach so weit, daß die Dorfbewohner mein Fabrikat kauften. Unbeschreiblich war die Freude, die ich empfand, als ich so mein erstes Sechskreuzerstück verdiente, und dies meiner guten Mutter geben konnte. Bald war meine bescheidene Fertigkeit eine stetige Einnahmequelle für die von Sorgen schwer gedrückte Hausfrau.

So verflossen mir die Jahre der Kindheit so glücklich, als es bei einem Blinden in so dürftigen Verhältnissen nur möglich ist. Noch ahnte ich die Kluft nicht, welche die Welt zwischen den Blinden und Sehenden geschaffen; fiel mir doch in den Lebensverhältnissen meiner Jugendgenossen kein wesentlicher Unterschied mit den meinigen auf! Sie lebten im Elternhause, ich auch; sie gingen in die Schule, ich auch; sie tummelten sich auf den Fluren, ich auch; ihre Spiele waren auch die meinigen, und wenn mir die Gabe des Sehens abging, so war ich den meisten meiner Gespielen an geistiger Erkenntniß überlegen.

Da kam die Zeit der Confirmation, mit ihr der Schluß der Schulzeit, und wie mit einem Schlage fand ich mich durch eine tiefe Kluft von meinen sehenden Altersgenossen getrennt. Diese gingen alle zu einem bestimmten Lebensberufe über; der eine lernte ein Handwerk, der andere ward ein Landwirth, der dritte ging in die Stadt auf die lateinische Schule, kurz, vor allen öffnete sich die Bahn zu einem ehrenvollen, dem Allgemeinen dienenden Berufe: alle konnten und sollten lernen, streben, sich eine Stellung im Leben erringen. Von diesem allgemeinen Wettlaufe fand ich mich auf einmal ausgeschlossen. Für mich sollte es nichts mehr zu lernen, nichts zu erstreben, nichts zu erringen geben, ich sollte daheim hocken, als ein armes, hülfloses, zu ewiger Unmündigkeit verdammtes Geschöpf. So wie mir damals zu Muthe war, mag es dem Wanderer sein, der einer paradiesischen Gegend zuwallt und nachdem er sie schon lange von ferne geschaut, sich plötzlich durch eine tiefe grauenvolle, nicht zu umgehende Kluft von ihr abgeschnitten sieht.

Jetzt zum ersten Male empfand ich das Unglück meines Looses, und wie der heiße Wüstenwind über die Fluren Italiens wehend das üppigste Pflanzenleben tödtet, so tödtete das Gefühl dieses Unglücks alle Freudigkeit meiner Jugend; alle schönen Träume meiner Kindheit fielen ab wie Blüthen von dem ersterbenden Baume und ich ward eine Beute unheilvollen Trübsinns. Wie oft bin ich damals hinausgeeilt in den rauschenden Wald und habe den Bäumen und Quellen mein Leid geklagt, wie oft zu Gott hinaufgeschrieen, warum er mir diesen empfänglichen, strebenden Geist verliehen, wenn er ihm die Quellen des Lebens, jedes Ziel des Strebens verschlossen! Ob es nicht besser sei, mich in das Nichts zurückzuschleudern, als mit dem brennenden Durst nach Vervollkommnung und einem wirkungsreichen Leben mich einem nichtigen, inhaltsleeren Dasein preiszugeben?

In jedes Wesen hat der gütige Gott neben dem Uebel das Mittel der Heilung gelegt. Es fällt kein Unglücklicher in's Wasser, der sich nicht durch Schwimmen zu retten versuchte. Auch ich suchte, als die Wogen des Trübsinns meine Seele zu verschlingen drohten, nach einem Mittel, sie zu retten. Ich fand es in der Musik. Oft ja hatte ich in den majestätischen Klängen der Orgel unserer Dorfkirche Erhebung, oft in dem Gesange eines frommen Liedes Trost und Herzenserquickung gefunden. Namentlich hatte mich öfters in stillen Abendstunden der ferne Ton einer Clarinette tiefinnerlichst gerührt und wie eine Stimme aus höheren Welten gemahnt. Konnte ich diese Stimme nicht beliebig erwecken? Konnte ich die himmlische Trösterin Musik nicht zur steten Begleiterin durch meine dunkle Pilgrimschaft machen? Und konnte ich dadurch nicht zugleich immerhin ein nützliches Glied der menschlichen Gesellschaft werden? Manche Blinde, das hatte ich mir sagen lassen, hatten sich schon der Musik gewidmet, und hatten es darin zu großer Fertigkeit gebracht. Dieser Weg stand auch mir offen: ein blinder Musiker war nichts Unerhörtes, ja sogar etwas Gewöhnliches.

So kaufte ich mir denn eine Clarinette, mein Lieblingsinstrument, und suchte mir einen Lehrer dafür. Ich fand ihn in einem Musikus eines Nachbarstädtchens *), das eine Stunde von meinem Wohnort **) entfernt lag. So weit mußte ich jede Woche drei Mal in die Stunde wandern, anfangs im Geleit einer Schwester, bald aber ganz allein. Trotzdem versäumte ich doch nie eine Stunde. Kein Unwetter, keine Gefahr konnte mich abhalten, meiner Lection zu warten. Da lernte ich denn auch bald mein Instrument mit ziemlicher Fertigkeit spielen, und eh' ein Jahr verging, war ich schon ein wackerer Dorfmusikant, der in den Schenken lustig zum Tanz aufspielte und dadurch reichlich sein Brod erwarb. Das war nun ganz schön und gut, ich war wieder ein heiterer und auch kein ganz unnützer Mensch, denn seine Mitmenschen erfreuen, heißt auch nützen. Wenn ich es nur zu etwas recht Tüchtigem und Großem in der edlen Musika hätte bringen können! Dann wäre ich gewiß ihr treuer Jünger geblieben und glücklich dabei geworden. Aber bis jetzt hatte ich es nur erst zu einem wackern Bierfiedler, oder vielmehr Bierbläser gebracht, und ich fühlte bald, daß ich es auch nicht weiter

---

*) Wassertrübingen in Mittelfranken.
**) Ehingen.

bringen würde, daß ich zum großen Musiker nicht das Zeug hatte. Da war es mit dem Behagen an meinem Musikantenleben aus und an die Stelle der Befriedigung trat das traurige Gefühl eines verfehlten Lebens, welches endlich einen Rückfall in den alten, durch die Musik für einige Zeit überwundenen Trübsinn erzeugte, der ärger und gefährlicher ward, als das ursprüngliche Uebel.

Es ist ein uralt wahres Wort: Wenn die Noth am höchsten, ist die Hülf' am nächsten. Millionen tapferer Ringer mit den Wogen der Trübsal haben das erfahren, und Millionen werden's ferner erfahren. Auch mir gab es Gott zu erfahren in jener verhängnißvollen Zeit. Denn als ich unrettbar verloren schien, stand der Retter schon an meiner Seite. Der Arzt, den meine gute Mutter zu ihrem sichtbar hinwelkenden Sohn rief — Dr. Segel hieß der Ehrenmann — erkannte mit geübtem Blick den innersten Grund meines Leidens. Im liebevollen Gespräch erschloß er mein ganzes Inneres, sondirte er jeden geheimsten Gedanken, hob er jeden unterdrückten und begrabenen Wunsch an's Licht der Sonne. Und er sprach: Dir kann und muß geholfen werden.

Bis dahin hatte ich noch nicht gehört, daß es öffentliche, vom Staat eingerichtete und unterhaltene Anstalten gäbe, in welchen die Blinden nach dem Maaße ihrer Befähigung zu nützlichen Gliedern der menschlichen Gesellschaft herangebildet würden. Mit welcher Freude vernahm ich jetzt aus dem Munde des würdigen Herrn Dr. Segel, daß die väterliche Fürsorge unserer Regierung schon längst in München eine solche Anstalt in's Leben gerufen habe, in die er mich bringen wollte und die mir die Bildung gewähren werde, nach welcher ich so heißes Verlangen trüge.

Der gute Doctor hatte Recht, die bloße Verheißung des Mittels hob das Uebel. Ich faßte neue Hoffnung, neuen Lebensmuth, und wie ich erfuhr, daß der edle Mann die entschiedensten Schritte that, sein Versprechen wahr zu machen, erholte ich mich auch schnell von meinem körperlichen Siechthum. Völlig gesund an Leib und Seele bezog ich im Jahre 1839 die Blindenanstalt in der Hauptstadt meines Vaterlandes.

Die Veränderung, welche solchergestalt in meinen Lebensverhältnissen vorging, war eine ungeheure. Bisher war ich unter dem mütterlichen Dache, geleitet und gepflegt von der treuesten Mutterliebe, doch in einer Freiheit aufgewachsen, die ihre Schranken einzig in den meinem geistigen Streben entgegenstehenden Umständen hatte. Nun fand ich mich auf einmal unter fremdem Dache, unter fremden Menschen und zu unbedingtem Gehorsam unter eine strenge, jeden Schritt, jede Bewegung regelnde Hausordnung verpflichtet. Da gab es manche harte Nuß zu knacken für meinen ungebundenen eigenwilligen Sinn. Doch das Schlimmste war die Rohheit des Aufsichtspersonals, von welcher ich kaum eine Stunde nach meinem Eintritt in die Anstalt eine sehr schmerzliche Probe erfuhr, indem mir einer der Aufseher, ohne daß ich wußte warum, eine Ohrfeige versetzte, daß mir der Kopf noch lange darnach brummte. Das

war gewissermaßen mein Willkommen in der Anstalt; leider aber auch
nur das erste Glied einer langen Kette von Mißhandlungen und klein=
lichen Quälereien von Seiten des gesammten Aufsichtspersonals, welches
miterziehend auf die armen Pfleglinge der Anstalt einwirken sollte, dazu
aber in keiner Weise befähigt war, indem es der Hefe der Menschheit
angehörte.

So sehr sich mein an eine liebevolle Behandlung gewöhntes Herz
gegen die Tyrannei der Aufseher empörte, so ertrug ich es doch geduldig
und fügte mich überhaupt in das ganz ungewohnte, starre Leben, weil
es mir das Höchste versprach, was mein Herz begehrte: Ausbildung
aller meiner Kräfte, um mich als wirksames Glied in den großen Or=
ganismus der bürgerlichen und allgemeinen menschlichen Gesellschaft ein=
zureihen.

Leider aber sollte es bei dem Versprechen bleiben. Wohl erhielt
ich im Anfang einen Unterricht, welcher mehr bot, als der, den ich in
meiner Dorfschule genossen hatte; aber kaum hatte ich ihn ein halbes
Jahr genossen, als mir eröffnet wurde, meine Unterrichtszeit sei zu
Ende, ich habe Schulkenntnisse genug für meine Lebensstellung und es
sei nun Zeit, daß ich zur praktischen Beschäftigung übergehe. Dem zum
unbedingten Gehorsam Verpflichteten blieb nichts übrig, als sich diesem
Ausspruch zu fügen. Aber wie ganz anders dachte ich über den Grad
meiner Ausbildung, als meine Vorgesetzten! Ich fühlte, wie wenig ich
wußte im Vergleich zu dem, was ich zu lernen begehrte und befähigt
war. Indeß gab ich mich vorerst der mir angewiesenen praktischen Be=
schäftigung, die vorzugsweise in Korb= und Strohflechten bestand, mit
ganzem Eifer hin. War es doch immerhin etwas Neues zu lernen,
eine neue Uebung meiner Kräfte. Auch gewährte meiner geistigen Lern=
begier der Umgang mit Angehörigen der Schulabtheilung, die mir ihr
Gelerntes mittheilten, einige Befriedigung. Indeß versiegte diese Quelle
der Befriedigung nur zu bald, indem es von meinen Mitzöglingen bald
nichts mehr zu lernen gab, und als ich auch auf dem praktischen Gebiete
die schwierigsten Arbeiten mit Leichtigkeit ausführte, fand ich mich zu
neuem Stillstand verdammt. Wie oft habe ich da mit Schmerzen mir
die Frage vorgelegt: Bis hieher und nicht weiter solltst du können?
Wohl rief da mein empörter Geist: Nein! nein! das kann nicht sein!
Hier kannst du nicht stehen bleiben, es muß noch ein höheres Ziel für
dich zu erreichen sein. Kein Wunder, wenn mir jetzt Zweifel an der
Weisheit meiner Pfleger, an der zweckmäßigen Einrichtung der Anstalt,
an der Richtigkeit der in ihr befolgten Grundsätze kamen. Und diese
Zweifel mehrten sich mit jedem Tage. Nicht wenig trug zu ihrer Ver=
schärfung das fortgesetzte rohe tyrannische Gebahren der Aufseher bei.
Wie ließ sich das mit dem Geiste unserer heiligen Religion vereinigen?
Wie konnte es bildend und veredelnd auf die Zöglinge wirken? Ich
begann, mich ernstlich mit Gedanken über die Aufgabe einer solchen An=
stalt zu beschäftigen und zwischen dem nach und nach sich in mir ent=

wickelnden Ideale und unserer Anstalt Vergleiche anzustellen, die immer ungünstiger für letztere ausfielen. Ich erkannte immer mehr, daß den Leitern und Lehrern der Anstalt vor allem Eins fehlte, was zu einem gedeihlichen Wirken derselben noth that: Das Verständniß des innern Wesens der Blinden. Sie betrachteten die Blinden als eine Art Halb= menschen, die auch nur zur Hälfte allgemein menschliche Bestimmung erreichen könnten, und demgemäß auch nur halb erzogen und gebildet werden dürften. Gegen eine solche unwürdige Ansicht empörte sich aber jeder Nerv in mir und ich fühlte mich aufgestachelt, dagegen mich zu er= heben, dagegen im Interesse meiner Leidensgenossen zu kämpfen.

Zerfallen wie ich mit unserer Anstalt war, würde ich das Leben darin nicht mehr haben ertragen können, hätte ich es nicht für noth= wendig gehalten, sie durch und durch kennen zu lernen, um einst der Welt die triftigsten Gründe zu liefern, ein System zu verurtheilen, welches sich mit großem Pomp als etwas höchst Segensreiches ankün= digte. Ich ertrug daher alle Unbilden der Aufseher und allen Mangel höherer Geistesnahrung noch lange Zeit, ohne mich auch nur über jene Unbilden zu beschweren. Erst als ich glaubte, mich für meinen Zweck genügend über die ganze Anstalt, über alle ihre Einrichtungen und Persönlichkeiten unterrichtet zu haben, beschloß ich, die bloße Dulderrolle aufzugeben. Zuvörderst beschwerte ich mich über die Mißhandlungen der Aufseher an mir und meinen Leidensgefährten, ohne jedoch wesentlich etwas anderes zu erreichen, als den Haß der Angeklagten, den an mir auszulassen sie Mittel genug hatten. Dann erklärte ich unverholen, wie ich glaube, daß ein Blinder der beste Lehrer für die Blinden werden könne und ver= langte selbst zu einem solchen Lehrer ausgebildet zu werden. Aber ob= gleich ich von einem der evangelischen Lehrer der Anstalt mit Nutzen als Hülfslehrer verwendet ward, so fand man doch nicht für gut, mir eine höhere Ausbildung angedeihen zu lassen.

Sechs Jahre hatte ich in der Anstalt gelebt; sechs schwere Jahre, reich an Leiden, aber auch an unschätzbaren Erfahrungen für das Leben. Als ich nun heraustrat in die Welt ohne Schutz und Berather, war die Frage: was thun? die erste, die sich mir aufdrängte. Ich hatte ge= hört, daß in Neuendettelsau bei Nürnberg ein Missionshaus sei, in welchem junge Leute zu Lehrern für die fremden Missionen gebildet würden. Rasch war mein Entschluß gefaßt: ich pilgerte nach Neuen= dettelsau und ward bereitwillig dort aufgenommen. Aber die daselbst herrschende Anschauung, welche Andersdenkenden den Himmel verriegelt, selbst im günstigsten Falle den Weg zur Seligkeit schwer finden lassen will, veranlaßte mich, schon nach einigen Tagen Neuendettelsau zu verlassen.

Die Verhältnisse führten mich nunmehr zu meiner in Gunzen= hausen verheiratheten Schwester. In diesem Städtchen verweilte ich fast ein Jahr. Hier fand ich in mehreren Familien die freundlichste Auf= nahme, insbesondere war es Herr Lehrer Hilpmann, der sich meiner auf das wärmste annahm und mein Streben, mich zum Lehrer heran=

zubilden, außerordentlich förderte, indem er fast alle seine Mußestunden mir widmete. Mittlerweile hatte ich von dem Blindenasyl zu Schwäbisch = Gemünd Kunde erhalten, und dorthin begab ich mich nun. Zwar ward ich auch in dieser Anstalt auf das bereitwilligste aufgenommen; allein was ich darin gesucht und zu finden gehofft, Ausbildung für den Stand eines Lehrers, das konnte ich hier wieder nicht finden. Man hatte hier für mich nur Obdach, Nahrung, Kleider und Arbeit, keinen Unterricht. Ein solches „Asyl" mochte eine Wohlthat sein für ältere oder der Bildung unfähige Blinde, für mich war es eine Hölle. Und doch mußte ich darin ein volles Jahr aushalten, denn als ich um meine Entlassung bat, ward sie mir verweigert. Endlich gelang es mir, einen kurzen Urlaub zu er= halten und diesen benutzte ich zum Austritt.

Ich ging nun nach München zurück, entschlossen kein Mittel un= versucht zu lassen, was mir zur Erlangung einer höheren Ausbildung verhelfen konnte. In München angekommen, versuchte ich mein Heil bei den Männern der freien Wissenschaft; ein Weg, den ich nicht zu be= reuen haben sollte. Jemand nannte mir den Professor Hefler an der Universität, als einen ächt christlichen Mann voll reiner ungefärbter Bruderliebe, der gern jedes geistige edle Streben förbere. Ich ging zu dem Herrn Professor und fand mehr, als ich zu erwarten gewagt. „Es wäre Unrecht, solch ein Talent in seiner Entwickelung nicht zu förbern," sagte er, als ich ihm mein Anliegen und meinen bisherigen Entwickelungs= gang mittheilte. Er ging mir nun mit manchem guten Rath an die Hand und versprach in der nächsten Zeit mir Jemanden zu schicken, der mich in meiner Lernbegierde unterstützen solle. Wirklich erschien schon den folgenden Tag ein junger Rechtscandidat, Namens Karches, jetzt Assessor am Landgerichte Bamberg II., bei mir, der sich im Auftrage des Herrn Professors Hefler erbot, mir täglich eine Stunde zu geben. Herr Karches erfüllte seinen Liebesdienst wie ein reich dotirtes Amt mit auf= opferndem Eifer. Ich verdanke seinem klaren Unterricht und seinem ganzen liebevollen Umgang mehr, als ich mit Worten sagen kann. Mit der Zeit wandten sich mir noch andere hohe Gönner zu, die mich in meinem Streben ermunterten und förderten. Ich nenne nur die Herren Hofrath von Schubert, Staatsrath Herrmann, Professor Lindemann, Dr. Kuhn und Dr. von Biarowsky, Kultusminister Ringelmann und Ultramarinfabrikbesitzer Johannes Zeltner in Nürnberg. Durch diese Herren ward ich auch beim Hofe empfohlen, wo nicht nur König Max und die beiden Königinnen, sondern auch und ganz besonders der Prinz Karl sich des armen Blinden hilfreich annahmen und mir ein Glück be= reiteten, das ich wohl zuweilen in glühenden Träumen ersehnt, aber nie zu erhoffen gewagt; sie ermöglichten mir durch reiche Stipendien den Besuch der Universität.

So war der „blinde Friedel" von Ehingen, den man in der Blin= benanstalt eben nur gut zum Korbmachen gefunden, auf einmal ein

Münchener Student geworden, der gar fleißig in Collegien eilte und mit Begierde den Vorlesungen hochgelehrter Professoren lauschte. Das war eine neue herrliche Welt, die mir hier aufging, schöner und größer, als ich sie in meinen köstlichsten und vermessensten Jugendträumen je geahnt. Da war jeder Tag reich an köstlicher Ausbeute für den Geist, wie an erquickender Nahrung für das Gemüth. Und dabei gab's keine groben Aufseher, die einen ungestraft und ohne Ursache knufften und puffften, sondern die edelste Freiheit. Ich hätte es freilich auch Niemand rathen wollen, den „blinden Friedel" zu knuffen und zu puffen, denn er war ein Mann geworden, der Kraft in seinen Muskeln hatte und Selbst= gefühl in seiner Brust und keine Unbill ungeahndet hingenommen hätte.

Wunderbar schnell verstrich mir die schöne Studentenzeit, in der ich mir täglich freudiger bewußt ward, daß ich das beste Theil ergriffen, indem ich mir die Stelle eines Lehrers meiner Leidensgenossen zum Le= bensberuf erwählte. Um mich recht für meinen Beruf auszubilden, be= nutzte ich die Universitätsferien zu Reisen in die Nachbarländer, um die dortigen Blindenanstalten zu besuchen und ihre Einrichtungen kennen zu lernen. Bereichert mit neuen Erfahrungen und nützlichen Winken für meinen künftigen Beruf kehrte ich wieder zu meinen Studien zurück.

Das Universitätsleben mit seiner Freiheit und seinen mannigfachen Anregungen führte mich indeß bald über das anfänglich mir gesteckte Ziel hinaus. Hatte ich schon früher an dem System der Blindenanstalt, das jeden Blinden für einen halben Menschen ansah, als solchen behandelte und im Leben gestellt sehen wollte, Aergerniß genommen, so ward ich mir jetzt klar bewußt, daß dieses System ganz entschieden verwerflich und die Gesellschaft verpflichtet sei, ein anderes an seine Stelle zu setzen, welches als Ziel der Blindenerziehung kein anderes erkenne, als möglichste Ausfüllung der zwischen den Sehenden und Blinden bestehenden Kluft durch Heranbildung der Letzteren zu vollbürtigen Mitgliedern der mensch= lichen Gesellschaft sowohl in Hinsicht auf Erkenntniß und Sittlichkeit wie auf Theilnahme an der Arbeit und an den Genüssen des Lebens. Dieser Gedanke machte mich noch eher zum Schriftsteller für meine Leidens= genossen, als zum Lehrer.

Um das nach meiner Ueberzeugung verwerfliche, leider aber in der Meinung der Welt für vortrefflich geltende alte Blindenerziehungssystem zu stürzen, mußte es in seiner wahren Gestalt gezeigt und ein besseres dafür aufgestellt werden. Ich hielt dies für das Erste was Noth that, und unterfing mich daher, ein Buch darüber zu schreiben. Männer, welche sich für die Sache interessirten, ermunterten mich dabei und, als es fertig war, zur Veröffentlichung durch den Druck. So entstand das Buch: „Die Zukunft der Blinden," in welchem ich die Resultate aller meiner Erfahrungen und meines Nachdenkens über das Blinden=Erziehungswesen niederlegte.

Als ich nach vierjähriger Studienzeit und glücklich bestandener Lehrerprüfung die Universität verließ, hatte mein bescheidenes Buch schon

eine ziemliche Verbreitung in Bayern gefunden und wenn schon, wie
nicht anders zu erwarten, bei den Anhängern des Alten, lebhaften Wider=
spruch, so doch auf anderer Seite auch freundliche Theilnahme für die
Sache der Blinden erregt. Dies und die bei einem Besuche mehrerer
auswärtiger Blindenanstalten (in Oesterreich, Baden, Württemberg, der
Schweiz, Mittel= und Norddeutschland) gemachte Wahrnehmung, daß
das Blinden=Erziehungswesen anderwärts mehr oder weniger an denselben
Grundgebrechen leide, wie in der Münchener Anstalt, erzeugten in mir
den Wunsch, den in meinem Buche niedergelegten Gedanken über diesen
Gegenstand durch die That Nachdruck zu verleihen, d. h. eine Blinden=
anstalt nach denselben einzurichten.

Wenn ein Ort in meinem Vaterlande Bayern zur Durchführung einer
solchen Idee einen günstigen Boden bot, so war es nach meiner Mei=
nung die bedeutendste Stadt Mittelfrankens, die alte, berühmte, von Alters
her durch frisches Geistesleben ausgezeichnete freie Reichsstadt Nürnberg.
Die allgemeine Lehrerversammlung, welche im Jahre 1849 bort gehalten
wurde, bot mir erwünschte Gelegenheit, die Sache in Anregung zu bringen.
Ich ging dahin, wohnte der Versammlung bei und legte ihr einen Plan
zur Gründung einer Blindenanstalt für Mittelfranken vor. Die Ver=
sammlung erwies mir die Ehre freundlicher Aufmerksamkeit, zog den
Plan in Erwägung und — legte ihn ad acta. Indessen hatte ich ja
auch von der Lehrerversammlung selbst einen Schritt zur Ausführung
meines Planes nicht erwarten können; dieser hatte nur ·von hier aus
seinen Weg zum Herzen des Nürnberger Publikums finden sollen. Ich
hatte aber nicht im Sinne der damals in gewissen Kreisen herrschenden
Anschauungsweise gesprochen, denn ich verstand nicht die Kunst, die
Sprache dazu zu benützen, um die Gedanken durch sie zu verbergen und
deshalb fand mein Streben gerade zu der Zeit keine sonderliche Förderung.

Indeß, „auf einen Hieb fällt kein Baum," sagt das Sprichwort.
Dessen eingedenk ließ ich mich durch den ersten Fehlschlag nicht entmuthigen.
Ich befahl meine Sache Gott und ließ in Nürnberg viele Exemplare
meines Buches zurück, damit es in den Herzen für die Sache werbe und
wirke. Und es warb und wirkte. Als ich im Jahre 1854 wieder nach
Nürnberg kam, fand ich daselbst eine kleine, aber opferbereite Gemeinde,
welche entschlossen war, mir zur Ausführung meines Planes alle Mittel
und jegliche Unterstützung angedeihen zu lassen. So ging ich denn rüstig
an's Werk und noch in demselben Jahre eröffnete ich mit 6 Zöglingen
die noch jetzt blühende Blindenanstalt in Nürnberg.

Das war eine Freude, als ich an meine gute Mutter nach Ehingen
schreiben konnte: „Dein blinder Friedel ist Lehrer einer Blindenanstalt
geworden." Dieser Freude glich nur die, welche ich ein Jahr später
empfand, als ich der Welt die Richtigkeit meiner Ansichten durch die
That beweisen konnte. Meine Zöglinge machten auf dem Wege, den ich
eingeschlagen, die besten Fortschritte, und wie ich vor einem zahlreichen
Publikum die erste Prüfung mit ihnen abhielt, waren die Resultate von

der Art, daß sie selbst meine heftigsten Gegner zum Schweigen brachten. Jetzt war ich, so zu sagen, über den Berg weg: meine Anstalt hatte ihre Probe bestanden. Nun fielen ihr die Freunde zu; bald war ihr Bestehen durch einen Besitz von 30,000 fl. gesichert, die durch milde Gaben zusammengekommen; und eh' das zweite Jahr um war, war sie schon für zehn blinde Zöglinge eine Mutter reichen Segens.

So hätte ich mich nun wohl meines Werkes freuen und bei seinem Gedeihen glücklich sein mögen. Aber „es wird keine Kirche gebaut, wo nicht der Teufel flugs sein Kapellchen daneben setzte." Dies alte Sprich= wort sollte sich auch bei mir bewähren. Ich hatte mir einen sehenden Lehrer zum Amtsgehülfen erwählt. Die Gönner der Anstalt waren dieser Wahl wohl entgegen gewesen, weil ihnen der Mann zu freigeisterisch erschienen war, aber er hatte sich mein ganzes Vertrauen zu gewinnen gewußt. Ach das Vertrauen eines Blinden ist nur zu leicht durch eine freundliche, zum Herzen tönende Sprache gewonnen. Ich setzte die Wahl durch und der Freund ward mein Mitarbeiter. Wie hätte ich denken können, daß ich mir eine Schlange in meinem Busen genährt, daß der Freund die Stelle, die ich ihm erkämpft, dazu gebrauchen werde, die meinige zu untergraben. Und doch geschah es.

Ich habe es oben gesagt, daß mein Erziehungswerk auf den Grund= satz gebaut war: „Die Blinden müssen zu vollbürtigen Mitgliedern der menschlichen Gesellschaft in Hinsicht auf Erkenntniß und Sittlichkeit wie auf Theilnahme an der Arbeit und den Genüssen des Lebens gemacht werden." Ich selbst hatte mir bereits meine Stellung als vollbürtiges Mitglied der bürgerlichen Gesellschaft mit einem würdigen Antheil an der Arbeit des Lebens errungen; aber noch entbehrte ich meines Antheils an den höchsten Genüssen des Lebens: noch war ich nicht Gatte und Vater. Ich wollte es werden, so wie es nach meiner Meinung jeder wohlerzogene Blinde werden soll. Und weil ich Schritte in dieser Rich= tung that, weil ich es wagte, mich um die Liebe eines Mädchens zu bewerben, ward ich von meinem Gehülfen bei den Gönnern der Anstalt verdächtigt, und diese waren schwach genug, seinen Einflüsterungen Ge= hör zu schenken. Ich will die geneigten Leser nicht mit Enthüllung der ganzen Schelmerei behelligen, welche der Verräther beging, um seinen Freund und Wohlthäter zu stürzen und sich an seine Stelle zu setzen. Noch wäre es, als ich hinter dessen Schliche kam, Zeit gewesen, mich zu rechtfertigen und mit Aufopferung seiner zu retten — aber ich fand es unter meiner Würde, mich zu rechtfertigen und mich an eine Stellung anzuklammern, die mir so leicht hatte wankend gemacht werden können. Dazu kam, daß ein innerer Drang in meiner Brust mich hinaus trieb in das Weite, um das, was ich für wahr und heilsam erkannt, in weitere Kreise zu tragen, und meinen Leidensgenossen auch jenseits der Grenzen meines engeren Vaterlandes zugut kommen zu lassen. So legte ich denn mein Amt nieder, griff zum Wanderstabe und zog nordwärts

über den Main und die Rhön in das Herz des großen deutschen Vater=
landes, in das schöne Thüringerland.

Da wohnt Euch ein gar trautes Volk, meine verehrten Leser, ein
Volk so freundlich, so bieder, so empfänglich für das Edle und Schöne,
wie wenig andere Völker und Stämme. Das hat mich gar freundlich
bei sich aufgenommen und für meine Sache offene Ohren und Herzen
gehabt. Da bin ich von Stadt zu Stadt gezogen und habe meinen
Mund aufgethan nach dem Gebote der Schrift „für die Sache Derer,
die verlassen sind," d. h. für meine blinden Brüder und Schwestern.
Und wo ich nicht reden konnte oder mochte, that es mein Buch für
mich, das von Hohen und Niedern viel gekauft wurde. Aber nicht das
Volk allein, auch die Fürsten schenkten mir freundliches Gehör, zogen
meine Sache in Erwägung und ließen mich überall ungehindert wirken
für dieselbe. Ganz besonders aber nahm sich meines Werkes eine Groß=
macht an, welche zwar nicht Scepter und Krone trägt, aber nichtsdesto=
weniger glor= und ruhmesreich und von größerer Dauer und Gewalt
ist als irgend ein Reich der Welt. Ich meine die Presse, die meinem
bescheidenen Wirken die eingehendste Beachtung schenkte und mir so zu
sagen überall die Wege bereitete. Und als ich an zwei Jahre im gan=
zen Thüringerlande umhergewandert war, bis daß es fast kein Winkelchen
in ihm gab, wo ich nicht den Saamen meines Werkes ausgestreut: da
lockte mich das geisteshelle Sachsenland an.

Diesen Theil des deutschen Landes habe ich denn auch durchwandert
und viel Liebe, viel Verständniß und Aufmunterung für mein Werk, ja
wahrhaft große Herzen habe ich hier gefunden! Die höchsten Behörden,
die ausgezeichnetsten Geister dieses herrlichen, an berühmten Geistes=
größen so reichen Landes nahmen sich meiner Sache an und in den
Wohnungen der Bürger hat man mir fördernd die Hand gereicht.

Weil ich aller Orten das rühmlichste von den humanen Gesinnungen
der Hamburger und überhaupt der Bewohner des Nordens hörte, be=
sonders daß sie, wenn es sich um die Verbesserung des Looses der lei=
denden Menschen handle, gerne bereit seien, hülfreich die Hand zu bieten,
so reiste ich nach Hamburg und suchte auch hier durch Vorträge im Jo=
hanneum und durch Verbreitung meiner Schriften meinen Plan: „die
Errichtung eines allgemeinen Blindengenossenhauses" wo möglich zu ver=
wirklichen.

So freundlich die Aufnahme hier auch anfänglich war, so fand
doch bald das Entgegengesetzte statt und wurde ich in die Lage versetzt,
hier drei Monate unthätig und ohne Verdienst zu verweilen, denn einige
tonangebende Herren sahen meine Bestrebungen mit neidischen Augen
an, da ihnen sehr wohl bewußt, daß durch die dortige Blindenanstalt
nicht der Erfolg erzielt wurde, welcher beansprucht werden durfte. Aus
jener Anstalt entlassene Blinde haben u. A. Aussagen gegen mich ge=
macht, daß fast keiner von ihnen dasjenige, was ihnen dort beigebracht
worden, im praktischen Leben habe verwerthen können, und wie dieselben

um ihren Unterhalt in Hamburg selbst zu verdienen, erst außerhalb der
Anstalt durch ihre Mitblinden, die aus der früheren Jülich'schen Anstalt
hervorgegangen, und andere edle Menschenfreunde in den sie ernährenden
Beschäftigungen unterwiesen wurden. Kein Wunder also, daß die Herren,
welchen dieses zur Last fällt, mich mit allen Waffen zu verfolgen suchten.

Da ich sah, daß für mein uneigennütziges Wirken Hamburg nicht
der passende Ort sei, reiste ich wieder ab, und zwar zunächst nach Lübeck
und dann nach Kiel. Hier gelang es mir, durch meine in der Uni-
versitäts-Aula gehaltenen Vorträge und durch Besprechungen mit mehreren einflußreichen Männern den Grund zur Bildung eines Comité's
zu legen, das sich durch meine Veranlassung als Verein durch das ganze
Herzogthum Holstein verzweigte, indem derselbe in jeder Stadt Obmänner
aufstellte, die für die Sache arbeiteten, so daß durch die Wirksamkeit
dieses Vereins schon im Jahre 1862 in Kiel eine Blindenanstalt in's
Leben gerufen und mit 12 Zöglingen eröffnet werden konnte. Dann
wandte ich mich nach Bremen, wo es mir wenigstens gelang dahin zu
wirken, daß die Errichtung einer Blindenanstalt Gegenstand der Be-
rathung wurde. Auch Oldenburg nahm in Folge meiner Vorträge die
Errichtung einer Blindenanstalt in Aussicht.

Hierauf reiste ich nach Mecklenburg, wo ich bei den Herren Mi-
nistern v. Oertzen und v. Schröter die wohlwollendste und freundlichste Unterstützung meines Strebens fand. Nachdem ich Vorträge in
Schwerin und Rostock gehalten, und den Anstoß zur Errichtung einer
Blindenerziehungs-Anstalt gegeben hatte, die zur Aufnahme von 30 Zöglingen in Verbindung mit dem Schullehrer-Seminar in Neukloster bei
Wismar eingerichtet und im Herbst des Jahres 1864 feierlich eröffnet
wurde, beschloß ich nach Kopenhagen zu reisen, da mir bekannt, daß in
dieser Stadt eine Blindenanstalt bestand, welche vor allen andern durch
ihre ganze Einrichtung und ihr segensreiches Wirken hervorragt, und ich
wohl erwarten durfte, daß, wo eine solche Anstalt bestehe, auch ich nicht
nur eine freundliche Aufnahme, sondern auch Förderung meines Strebens
finden werde. Und ich glaubte mich nicht zu täuschen, denn Seine Majestät
der König, Ihre Majestät die Königin-Wittwe, sämmtliche Herren Mini-
ster und andere hohe Beamte ließen mir die wohlwollenste Aufnahme
zu Theil werden und schenkten meinem Streben die vollste Anerkennung.
Mein Plan, in Altona ein allgemeines Blindengenossenhaus durch eigene
Mittel zu gründen, die ich mir nach einem mehrjährigen Ringen durch
den Verkauf meiner diesen Zweck verfolgenden Schriften erwarb, erfreute
sich der Zustimmung des Herrn Ministers für Holstein und Lauenburg,
Dr. Hall, und des Departementschefs des Kultus, Herrn Kammerjunker
v. Rosen; ersterer gab mir auch die Versicherung, daß meinem Streben
und Wirken kein Hinderniß bereitet werde. So begab ich mich denn
nach Altona, wo ich sofort ein Haus miethete und zur Aufnahme von
Blinden einrichtete. So lange die Herren, der verstorbene Geheim-
Conferenzrath Oberpräsident von Heinzelmann und dessen nachheriger

Vertreter rechtskundiger Bürgermeister von Thaten und der constituirte Polizeimeister Vogler an der Spitze der Stadt Altona standen, erfreute sich meine Anstalt aller Förderung, aber leider als von Thaten und Vogler wegen ihrer deutschen Gesinnungen durch die Protection der Gräfin Danner dem bestechlichen Landdrost Scheele und dem Renegaten von Willemoffu Platz machen mußten, da begannen auch bei mir Plackereien jeglicher Art, zumal da ich nach deren Anschauung ein verhaßter Bayer war und es wagte, einen Dänen, den ich als Schreiber von Kopenhagen mit nach Deutschland genommen hatte, wegen aufgedeckter Unterschlagung von 400 Thalern gerichtlich zur Verantwortung ziehen zu lassen. Dieser Mensch Namens Nagel war der Sohn des Kalligraphen Nagel im Ministerium des Auswärtigen; anstatt daß nun Scheele und Willemoffu den zc. Nagel zur Wiedererstattung der mir unterschlagenen Summe veranlaßten, unterdrückten sie mich und meine Anstalt, in welche ich bereits 3 Blinde und zwar einen jungen Mann von 21 Jahren aus Wismar in Mecklenburg-Schwerin, eine Blinde von 20 Jahren aus Lübeck, und ein Mädchen von 11 Jahren aus Großwisch bei Webelsflöd im Herzogthum Holstein aufgenommen hatte. (Zwei von diesen erhielten unentgeldliche Verpflegung und Unterricht.) Diese mit so vieler Mühe und Aufopferung geschaffene viel versprechende Anstalt, wurde im Monat November 1862 durch die maaßlose Willkührherrschaft des Scheele und Willemoffu geschlossen, meine Mitblinden gewaltsam von meiner Seite gerissen und nach Hause geschickt, trotzdem, daß bereits 25 Anmeldungen aus den verschiedensten Gegenden Deutschlands vorlagen und selbst Anmeldungen aus England und Amerika erfolgten. Ich fügte mich der Gewalt und ging nach Lauenburg, erwarb dort für meinen Zweck ein Anwesen, bestehend aus einem stattlichen Haupt- und zwei Nebengebäuden mit Garten in der gesundesten Lage dortiger Gegend, an der Elbe, aber auch hier war ich der maaßlosen Willkür des durch die Gräfin Danner emporgeschwindelten Oberpräsidenten Scheele nicht entgangen. Durch eine seiner Creaturen, genannt Kammerjunker Meier, welcher früher in Kopenhagen unter ihm als Sekretär im Ministerium arbeitete und zur Zeit zweiter Beamter in Lauenburg war, ließ er das Beziehen des Hauses mit meinem Personal und Mitblinden verhindern, obgleich ein mit dem Herrn Kammerrath und Amtsvogt Langen abgeschlossener rechtskräftiger Vertrag über das von mir für die Blindenzwecke käuflich erworbene Besitzthum vorlag. Ich mußte nun meine unter schweren Opfern zur Errichtung angekauften Gegenstände, Möbel, Betten, Weißzeug, Küchengeräth zc. um einen Spottpreis verschleudern. Im Vertrauen, daß man in Kopenhagen, die mir mündlich gemachten Versprechungen gewiß erfüllen und daß das Ministerium gegen das von Scheele und Willemoffu an mir und meiner Anstalt verübte schreiende Unrecht mich und meine Sache schützen werde, wandte ich mich an das Ministerium für Holstein und Lauenburg, Dr. Hall und Se. Majestät den König. Aber leider vergebens, und ich mußte abermals den Wander-

ſtab ergreifen. Von Lauenburg aus begab ich mich nach Hannover, um
die Erlaubniß zu erhalten, meine Schriften verbreiten zu dürfen, aber
bei den noch in unſerer Zeit beſtehenden ſegensreichen Einrichtungen kann
in Hannover den Blinden durch den Verkauf ihres eigenen Erzeugniſſes
die Möglichkeit zum Leben nicht gewährt werden. Von hier aus reiſte
ich nach Berlin und ſuchte auch hier beim Miniſterium um die Erlaub=
niß nach, meine Schriften kolportiren laſſen zu dürfen. Das preußiſche
Miniſterium war ſo human und ließ mich auf einen abſchlägigen Be=
ſcheid vom 26. April 1863 bis Anfangs Auguſt desſelben Jahres war=
ten. Während dieſer Zeit beſuchte ich die Vorleſungen an der dortigen
Univerſität über Logik, Pädagogik, Metaphyſik, Geſchichte von der Zeit
der Reformation bis zu dem Jahre 1815 und neueſte Geſchichte von
1815 bis auf unſere Tage, über Geneſis, über die apoſtoliſchen Briefe,
über die Evangelien Markus und Lukas und über Schleiermachers und
Schoppenhauers Philoſophie. Da ich überall die ſchmerzliche Ueberzeugung
gewinnen mußte, daß ich ſtets als Ausländer und nicht als ein Deutſcher,
unter den Deutſchen, die die gleiche Sprache mit mir ſprechen und gleiche
Sitten haben, angeſehen, ſondern als ein Bayer betrachtet und behan=
delt wurde, ſo begab ich mich wieder in mein engeres Vaterland nach
Bayern zurück und betrat deſſen nördliche Grenze am 1. September
1863 und reiſte von dort nach Bamberg. Auch hier verweigerte mir
der hochlöbliche Stadt=Magiſtrat die Kolportage meiner Schrift und den
damit verbundenen Aufenthalt. Ich wandte mich in meiner Bedrängniß,
da man dem Blinden ſelbſt in ſeinem engeren Vaterlande die Mittel
zum Leben, welche er ſich durch ſeine eigene Thätigkeit zu erringen ſucht,
nicht gewähren wollte, an die hohe Regierung von Oberfranken, welche
durch eine höchſte Verfügung vom Dezember 1863 den vom Bürger=
meiſter Glaſer in Bamberg gegen mich gefaßten Beſchluß aufhob, und
die Kolportage meiner Schrift für den ganzen Kreis Oberfranken gnä=
digſt geſtattete.

Einen Lichtblick in meine wenig erheiterten Tage brachte mir in
Bamberg die Bekanntſchaft mit dem Studienlehrer Wendler und der Ver=
kehr mit deſſen edlen Familie. Zwiſchen uns beiden knüpfte ſich ein
Band inniger Freundſchaft, das ſich bis heute dauernd erhalten hat.

Der Umgang mit dieſem Manne von eben ſo vielſeitiger Bildung
als tief angelegtem Gemüthe bannte den Trübſinn, der ſich nach den
vorausgegangenen Erfahrungen meiner wieder zu bemächten drohte, und
gab mir auf's Neue die Ueberzeugung, daß man immer und immer wie=
der Menſchen findet, denen ein warmes Herz im Buſen ſchlägt. Ich
habe ſelten eine ſo echt religiöſe, werkthätig=chriſtliche Familie getroffen,
als die Wendler'ſche.

Von nun an hielt ich unter dem Schutze der hohen Regierung
meine Vorträge über die ſocialen Leiden des Blinden und die Mittel zu
deren Abhilfe in den Städten Bamberg und Bayreuth. In beiden
Städten bildeten ſich in Folge meiner gegebenen Anregung zur Ver=

beſſerung der Lage der unglücklichen Blinden Comités. Beſonders warm
intereſſirte ſich dafür Seine Excellenz der hochwürdigſte Herr Erzbiſchof
in Bamberg, der der Sache alle Förderung zuſicherte und deſſen hoher
Verwendung zunächſt die Aufhebung des oben angeführten abſchlägigen
Magiſtrats = Beſchluſſes zuzuſchreiben iſt; dann Seine Excellenz geheimer
Staatsrath Freiherr von Lerchenfeld. An die Spitze des Comités
ſtellten Sich der hochwürdige Herr Domcapitular Rothlauf, der Leibarzt
der griechiſchen Majeſtäten in Bamberg, Herr Dr. Röſer, der Herr
Director des Krankenhauſes, Dr. Gleitsmann. Die weiteren Mitglieder
des Bamberger Comités ſind die Herren: Der geiſtige Rath Heuniſch,
Decan Hopffer, der k. Landrichter Schneider, Dr. Ellner, k. Aſſeſſor,
Karges, k. Aſſeſſor, der Rector des Lyceums Dr. Martinet, Profeſſor
Dr. Haupt, Profeſſor Dr. Hoh, Phyſikus Dr. Rapp, der k. Advokat
Dr. Rapp, der k. Rentbeamte Feiler, der k. Notar Burkard, Haupt=
mann Kramer, Kaufmann Krackhardt und Kaufmann Burger. Am ver=
bienteſten um die Sache der Blinden machte ſich in Bayreuth der
k. Conſiſtorialrath Herr Schumann, zugleich proviſoriſcher Vorſtand des
in Folge meiner im Monat Mai 1864 im Saale der Bürger = Reſſource
über die Hebung des Blindenweſens gehaltenen Vorträge am 5. Juli
deſſelben Jahres in Bayreuth entſtandenen Blinden = Hilfs = Vereins, der
zur Zeit 240 Mitglieder zählt. Als kräftige Förderer dieſer hochwich=
tigen Angelegenheit ſchließen ſich ihm an die Herren Banquier und Ab=
geordneter F. Feuſtel als proviſoriſcher Kaſſier des Vereins, Profeſſor
Wich als proviſoriſcher Secretär, der k. Conſiſtorialrath Bracker, der
k. Decan Dr. Dittmar, der k. Pfarrer Hopf, der k. Pfarrer Dr. Nägels=
bach, der k. Pfarrer Thomas, der Hausgeiſtliche Pfarrer Wagner, der
k. Regierungsrath und Stadtcommiſſär Faber, der k. Regierungs = und
Medizinalrath Dr. Dotzauer, der Rabbiner Dr. Fürſt, der k. Notar
Dr. Käfferlein, der k. Schulrath v. Held, der k. Generalmajor v. Hagens,
der rechtskundige Bürgermeiſter Muncker, der Fabrik=Beſitzer Roſe, der
Kreislandwirthſchafts = Secretär Profeſſor Dr. Burkhard, der Gymnaſial=
Profeſſor Nägelsbach, der Schuhmachermeiſter Gahr, der Gürtlermeiſter
Bauer und der Blindenlehrer Scherer. Dem Blinden = Hilfs = Verein,
deſſen Mitglieder allen Ständen angehören, ſind auch Seine königliche
Hoheit, Herzog Alexander von Württemberg, Seine Excellenz Herr Re=
gierungs = Präſident von Zwehl und die beiden Herren Regierungs = Direc=
toren Vogel und von Frey beigetreten.

Wir ſind unausſprechlich glücklich im Namen aller Blinden mit
tiefgefühlteſtem Danke ſagen zu können, daß dem Verein von der hohen
Regierung laut folgenden höchſten Reſcriptes vom 5. October 1864 die
Erlaubniß, ſich Mitglieder im ganzen Regierungsbezirk des Kreiſes Ober=
franken ſammeln zu dürfen, gnädigſt zu Theil wurde.

Von der K. B. Regierung von Oberfranken, Kammer des Innern.

An
das provisorische Comité zur Bildung eines Blindenunterstützungs-Vereins
(K. Consistorialrath Schumann)

R. S.   in
E.-N. 553.   Bayreuth.
Ad Num. Prot. 30,415.

Bayreuth, den 5. October 1864.
präs. 10. October 1863.

Im Namen Seiner Majestät des Königs.

Auf die Vorstellung vom 27. vor. Monats, bezeichneten Betreffs, wird dem provisorischen Comité zur Bildung eines Blindenunterstützungs-Vereins auf Grund des §. 4 der allerhöchsten Verordnung vom 20. September 1862, „die polizeiliche Bewilligung zu Sammlungen betreffend," die Vornahme von Sammlungen von Beitritts-Erklärungen innerhalb des Regierungsbezirks bewilligt.

Königl. Regierung von Oberfranken, Kammer des Innern.
In Abwesenheit des Königlichen Präsidenten.
Vogel.   Graf.
An
das provisorische Comité zur Bildung
eines Blindenunterstützungs-Vereins dahier.
Die Sammlung von Beitritts-
Erklärungen betreffend.

Der geehrte Leser wird aus dem bisher nur zum Theil Angedeuteten wohl ersehen, daß ich auf meinen Reisen nicht immer auf Rosen gewandelt und dabei die Annehmlichkeiten des Lebens genossen habe, wenn er z. B. nur erwägt, was dazu gehört, wenn ein Blinder keine Mühe scheut und bei Sturm und Unwetter auf oft unwegsamen Fußpfaden umherirrt, um seine Leidensgenossen aufzusuchen, ihre Lebensverhältnisse und Zustände aus eigener Wahrnehmung kennen zu lernen; daher denn auch in meinen Schriften nur meine eigenen Erfahrungen niedergelegt sind, um diese den Sehenden so viel als möglich zur Anschauung zu bringen, damit endlich Entschiedenes und Durchgreifendes im Allgemeinen für die Blinden geschehe. Dieses ist stets nur der Zweck meiner Vorträge und der Verbreitung meiner Schriften, und dafür sollte ich doch wohl Unterstützung und Förderung beanspruchen dürfen und nicht Verfolgungen und nichtswürdigen Verdächtigungen ausgesetzt sein.

Hoffnungsvoller als je blicke ich daher auf mein, ich gestehe, für so schwache Kraft fast zu kühnes Unternehmen: den Boden zu bearbeiten und den Saamen auszustreuen, aus welchem meinen armen Leidensgefährten eine bessere Zukunft erblühen soll; ein höherer Muth schwellt meine Brust, seit Männer vom höchsten wissenschaftlichem Rufe mein Werk gebilligt haben.

So müßtet Ihr denn nun, hochgeehrte Leser, wer ich bin, was ich erlebt und wie ich dazu gekommen, umherzupilgern und alle empfänglichen Herzen für eine Sache zu erwecken, durch welche das Loos meiner armen Leidensgenossen in ganz Deutschland durchgreifend gemildert und gebessert werden soll.

Gestattet mir nun, daß ich etwas näher auf die Sache selbst eingehe.

Wer unter Euch, verehrte Leser, ist nicht einmal zu einem Jahrmarkt oder Volksfest gegangen und hat da am Wege einen Blinden sitzen sehen, der das Mitleid der Vorüberwandelnden um eine Gabe angerufen? Und wer von Euch hätte sich da des Mitleidens erwehrt, dem Armen, der da „muß sitzen, fühlend in der Nacht, im ewig Finstern," eine Gabe zu reichen? Wohl Jedem von Euch, der sich sagen darf, er habe nie dieser Elenden Einem das erbetene Scherflein mitleidslos verweigert. Aber auch die Besten von Euch sind dann weiter gegangen und haben des armen Blinden bald vergessen, vielleicht mit dem Gedanken ihr mitleidiges Herz beschwichtigend, daß der Blinde sein Elend nicht so sehr fühle, oder daß die Zahl dieser Unglücklichen eine sehr kleine sei. Beides ist aber leider! ein großer Irrthum. Denn gerade solche Blinde, die am Wege bettelnd Euer Mitleid erregen, sind sehr elend und ihrer giebt's in Deutschland mehr als 30,000. Ihr müßt nämlich wissen, daß es in Deutschland, statistischen Nachrichten zufolge, in runder Summe nicht weniger als 36,000 Blinde giebt, und von diesen 36,000 Blinden erfreuen sich nur etwa 1000 der Wohlthat einer Erziehung und Ausbildung, welche sie der Nothwendigkeit des Bettelns überhebt, und wenn noch tausend durch glückliche Vermögensverhältnisse dieser traurigen Nothwendigkeit überhoben sind, so bleiben immer noch weit über 30,000 derselben verfallen.

Denkt Euch das ganze Elend eines solchen Menschen! Versetzt Euch selbst einen Augenblick in die Lage, daß Ihr plötzlich Eures Augenlichtes beraubt würdet und nun den holden Tag mit allen seinen mannigfaltigen Erscheinungen, keine Blume, keinen Baum, keinen Grashalm, kein liebes Menschenantlitz und die herrliche Sonne nicht mehr schauen könntet. Gewiß, es wäre ein fürchterliches Unglück, vor dem Euch der himmlische Vater alle in Gnaden bewahren möge. Und doch wäre Euer Unglück in dem gedachten Falle klein im Vergleich zu dem Loose eines von Kindheit auf Erblindeten. Denn Ihr habt das Glück einer Erziehung genossen, die ewigen Schätze der Bildung in Euch gepflanzt, welche Euch trösten und erheben in der ewigen Nacht. In Eurem erleuchteten Geiste habt Ihr ein unauslöschliches Licht, das Euch durch die dunkle Pilgrimschaft führt und die Gefilde himmlischer Freuden erschließt. In Eurer Erinnerung seht Ihr auch die ganze schöne Welt noch, seht Ihr den Liebesblick des holden Weibes, das Lächeln des lieblichen Kindes, all die Bilder Derer, die Euch theuer sind. Ihr habt Euch eine geachtete Lebensstellung erworben, die Euch nicht genommen werden kann; Ihr bleibt dieselben anerkannten Bürger des Staates und Glieder der Gesellschaft, die Ihr vor dem Eintritt Eurer Nacht gewesen. Nicht so der von frühester Kindheit in dieser Nacht Wandelnde. Das Blau des Himmels, den Glanz der Sonne, die Herrlichkeit der Welt, den Farbenschmelz der Blumen, das Grün der Fluren, das Auge der Liebe, das Incarnat einer jugendlichen Wange hat er nie geschaut. Sein Geist — ich spreche von der Regel, nicht von den wenigen glücklichen Ausnahmen — ist finster geblieben, wie sein leibliches Auge. Er hat darin kein Hilfsmittel wider die Geier des Trübsinns, die am Herzen dieses Elenden nagen. Er ist ausgeschlossen von allen Freuden und Ehren des Lebens; er sitzt fern von der reichgedeckten Tafel, an der seine sehenden Brüder schwelgen, und bettelt; er sitzt einsam und verlassen „in seines Nichts durchbohrendem Gefühle" ein unnützes lästiges Ding, wo es nicht habsüchtige Menschen durch seine erbettelten Almosen bereichert. Das, hört es meine sehenden Brüder! das ist das Schicksal von mehr als 30,000 Blinden in Deutschland.

Ich sehe den hartherzigen, frömmelnden Unverstand die Achsel zucken und höre ihn sagen: „Ja wer kann dafür? Das ist Gottes Schickung, dagegen läßt sich Nichts thun." Nein, sage ich, das ist nicht Gottes Schickung! Es ist Lästerung, so etwas zu sagen. Daß Einer blind geboren wird, oder im frühen Kindesalter erblindet mag Gottes Schickung sein — aber daß man ihn nicht zum Menschen bildet, der mit seinem geistigen Auge alle Dinge erfaßt, die der Verstand des Sehenden erfaßt, der sich als Ebenbild Gottes fühlt und beweist, als ein mit den andern leidendes, kämpfendes und zur Vollkommenheit strebendes Glied des Ganzen, dem der Weg zur Bürgerkrone so gut offen steht, wie der zur Krone des Himmels, der ein glücklicher Gatte und Vater sein kann — daß man ihn nicht zu einem solchen Menschen erzieht, das ist die Schuld allein der Menschen.

Das ist eine schwere Anklage, die nur dadurch gemildert wird, daß nicht sowohl böser Wille, als ererbtes Vorurtheil und Unkenntniß die Schuld erzeugen. Es ist ein althergebrachter Glaube, ein Mensch, der eines der edelsten Sinneswerkzeuge entbehre, sei um dieses Mangels willen nicht fähig, zu einem vollbürtigen Mitgliede der Gesellschaft in Bezug auf deren allgemeine Bestimmung herangebildet zu werden. Und dieser Glaube ist so allgemein verbreitet und mächtig, daß selbst Diejenigen, welche Blindenerziehungs-Anstalten gegründet haben und solche leiten, dabei von ihm ausgehen und weit entfernt, die ihnen anvertrauten Zöglinge zu selbstständigen Mitgliedern der menschlichen Gesellschaft zu erziehen, sie vielmehr zu einem Zustande ewiger Unmündigkeit und stiller Verzichtleistung auf eine freie und ehrenvolle Stellung im Leben abrichten zu müssen glauben.

Dieser Glaube ist aber ein unglückseliger Wahn. Wenn auch nicht in Abrede gestellt werden kann, daß der Gesichtssinn ein Geschenk des Himmels ist, das seinem Besitzer alle Schätze menschlicher Cultur leichter

zugänglich macht, als sie ihm ohne dasselbe sind, so ist er doch durch
seinen Mangel keineswegs davon ausgeschlossen. Es ist eine durch tau=
send Beispiele bestätigte Wahrheit, daß die gütige Natur den Menschen
so organisirt hat, daß, wenn ihm der Gebrauch eines Sinneswerkzeuges
versagt ist, die übrigen Sinneswerkzeuge durch eine zweckmäßige Uebung
desto schärfer entwickelt werden, dergestalt, daß jener Mangel fast aus=
geglichen wird. So kann bei dem Blinden das Gefühl zu einer Fein=
heit ausgebildet werden, wovon der glückliche Sehende kaum eine Vor=
stellung hat und die jenem in vielen Fällen das Sehen ersetzt. Mit
dem gehörig geübten Gefühle oder Tastsinn vermag der Blinde die Ge=
stalt aller Dinge zu erkennen, die ihm erreichbar sind, vermag er Stoffe
zu unterscheiden, selbst zu lesen und jede mechanische Arbeit zu erlernen.

Ein Sinn ist es vornehmlich, mit dessen Hülfe der Mensch zum
Menschen gemacht wird, das ist nicht das Auge, das ist das Gehör.
Durch das Gehör wird vorzugsweise der Geist gebildet. Ist der Blinde
sonst gesund, ist namentlich auch sein Gehör gut, so könnt Ihr ihm alle
Gegenstände menschlichen Wissens und menschlichen Denkens beibringen,
so gut wie jedem geistig=gesunden Sehenden. Ja, weil der Blinde beim
Lernen sich nicht darauf verlassen kann, daß er das Gehörte schwarz
auf weiß nach Hause trägt, oder es zu jeder beliebigen Zeit in einem
Lehrbuche findet, so ist er genöthigt sein Gedächtniß anzustrengen, daß
er Alles darin behalte, und auf diese Weise kann dasselbe eine Schärfe
erlangen, wie sie nur wenig Menschen eigen ist. Und da sich die Denk=
kraft durch Uebung eben so schärfen läßt wie das Gedächtniß, so könnt
Ihr den Blinden, wenn ihm sonst nichts fehlt als das Augenlicht, eben
so gut zu einem Theologen, Juristen, Mathematiker, Philosophen oder
was es sonst für ein gelehrtes Fach sei, machen, wie jeden Sehenden,
eben so gut aber auch ihm jedes Handwerk lehren, bei dem es nicht auf
die Unterscheidung von Farben ankommt und wobei keine erforderlich ist.

Das ist nicht etwa blos eine theoretische Ansicht, dictirt von der
Vorliebe für meine Leidensgenossen, das ist eine durch zahllose Beispiele
belegte Wahrheit. Es sei mir gestattet einige solche Beispiele hier aufzu=
zählen; dabei will ich mich nur auf solche aus der neuern Geschichte und
auf Blindgeborne oder im zartesten Kindesalter Erblindete beschränken.

Nikolaus Sounderson.

Nikolaus Sounderson wurde 1682 zu Thirtyston in der Provinz
York geboren. Dieser berühmte blinde Gelehrte verlor schon im ersten
Jahre seines Lebens die Augen gänzlich, indem ihm dieselben während
der Blattern ausflossen. Sein Vater, der Acciseinnehmer war, sorgte
dafür, daß der wißbegierige Knabe sehr früh in die Schule kam. Hier
machte er außerordentliche Fortschritte in der griechischen und lateinischen
Sprache. Bald konnte er die alten klassischen Schriftsteller in der Grund=
sprache lesen hören und verstand auch dieselben. Später erwarb er sich

auch eine nicht gewöhnliche Kenntniß der französischen Sprache. In der Folge machte er Mathematik zu seinem Hauptstudium. Gleich im An= fang fand er einige Hülfsmittel und Regeln, nach welchen er nicht nur gewöhnliche Aufgaben, sondern auch große und verwickelte Berechnungen aufzulösen verstand, daher sich in solchen Fällen seine Mitschüler lieber an ihn, als an den Lehrer zu wenden pflegten. Er erfand eine Rechen= tafel, mit Hülfe deren er seine Rechnung fühlbar zu machen wußte, auch bediente er sich eines ähnlichen Hülfsmittels, um fühlbare geome= trische Figuren zu bilden, indem er auf einem Brette mit vielen Reihen von eingebohrten Löchern an bestimmten Orten Zäpfchen einsteckte und diese mit Schnüren umzog, welche die verlangte Figur bildeten. Sein Gedächtniß war von außerordentlicher Stärke und sein Gefühl so fein, daß er alte ächte römische Münzen von unächten ganz genau unter= scheiden konnte. Am meisten lernte er durch eigenes Nachdenken über die ihm vorgelesenen vorzüglichsten mathematischen Werke. Im Jahre 1707 kam er als Lehrer der Weltweisheit nach Cambridge. Im Jahre 1711 wurde er wirklicher öffentlicher Professor der Mathematik daselbst und seine Vorlesungen wurden sehr stark besucht. Er war Mitglied der Akademie der Wissenschaften zu London und ein Mandat König Georgs II., der ihn persönlich kennen lernte, ernannte ihn zum Doctor. Berühmte Mathematiker seiner Zeit fragten ihn oft um Rath und schätzten seine Freundschaft. Er besaß auch viele musikalische Kenntnisse und brachte es sehr weit auf der Flöte. Sennderson verheirathete sich im Jahre 1723. Obgleich er einen gesunden und starken Körper hatte, so zog er sich doch durch allzuvieles Sitzen eine Erstarrung der Füße zu, woran er im 56. Jahre seines Lebens starb.

Leopold, (Achilles Daniel),

der Sohn eines Rechtsgelehrten, geboren zu Lübeck 1691, starb daselbst 1753. Er war blind geboren, besaß ein sehr starkes Gedächtniß und es wurden ihm durch's Vorlesen viele Kenntnisse beigebracht. Er ver= stand die lateinische, griechische, italienische und französische Sprache, spielte die Violine und Flöte, hatte viele Kenntnisse in der Theologie, Rechtsgelehrsamkeit, Beredtsamkeit, Dichtkunst, Geschichte und Geographie. Er schrieb verschiedene kleine Schriften, unter andern: Commentatio de coecis ita natis.

Metcalf, (Johann),

lebte in der Nachbarschaft von Manchester, verlor sein Gesicht so früh, daß er vom Licht und seinen Wirkungen keinen Begriff hatte. Er war in seinen früheren Jahren Fuhrmann und Wegweiser auf zum Theil ungebahnten, zum Theil mit Schnee bedeckten Wegen, und wurde nach= her Aufseher über den Straßenbau. Blos mit Hülfe eines langen Stockes kletterte er die steilsten Berge hinan, verschaffte sich einen rich=

tigen Begriff von ihrem Abhange und den Vertiefungen der Thäler, gründete hierauf seine Pläne und Berechnungen, die außer ihm Niemanden verständlich waren; die Ausführung aber bewies ihre Richtigkeit, und es fehlte ihm daher auch nicht an Arbeit. Die meisten Straßen über den Park in Derbyshire wurden nach seinem Plane angelegt und verbessert, besonders in der Nachbarschaft von Lurton, auch Wilmslow und Longton, um dadurch auf die große Londoner Heerstraße zu führen und die Fahrt über das Gebirge unnöthig zu machen.

Johannson, (Peter),

ein geborner Schwede, verlor im dritten Jahr sein Gesicht durch die Blattern, verfertigte allerlei hölzerne Geräthschäften, nämlich Wagen, Karren, Schlitten und Räder. Er band Fässer, härtete Eisen, machte Messer, in deren Griffe sich kleine Messer und Gabeln befanden, löthete Metalle, goß Knöpfe und Schnallen, wozu er sich selbst die Formen aus feinem Sande machte. Er fertigte Blasbälge für sich und andere Feuerarbeiter, nähte und fädelte sich den Faden ein, gerbte Leder und machte Schuhe daraus, baute sich ein Haus und machte die Verkleidung an den Fenstern; er ging in den Wald, fällte Bäume und brachte sie nach Hause ohne Führer. Er machte sich eine Violine, welche er zur Unterhaltung spielte. Die Münzen unterschied er nicht am Gepräge, sondern am Rande und an der Schwere. Er spielte alle bekannten Kartenspiele, nachdem er die Karten vorher mit seinen Nägeln gezeichnet hatte.

Niendörfer, (Johann Friedrich),

der Sohn eines sächsischen Dorfpredigers, geboren 1757, verlor im dritten Jahre die Augen durch die Blattern, erlernte im sechszehnten Jahre die Uhrmacherkunst, und ließ sich im Städtchen Dahme häuslich nieder. Er reparirte Taschen=, Repetir=, Stuben und Kirchenuhren, machte diejenigen Theile, welche daran beschädigt waren, neu mit der pünktlichsten Genauigkeit und schmiedete, ohne sich zu beschädigen. Er ging ohne Führer beträchtliche Strecken in Gegenden, wo er noch nie gewesen war, kannte Jeden dessen Stimme er gehört hatte und nannte ihn sogleich bei seinem Namen.

Käserle, (Johann),

1768 zu Waiblingen im Württembergischen geboren, wo sein Vater Müller war. Er verlor schon mit vierzehn Tagen das eine, und als vierjähriger Knabe, da er dem Bolzenschießen zusah, durch einen unglücklichen Schuß auch das andere Auge. Bald zeigten sich die ersten Spuren der beiden Talente, die sich später in vorzüglichem Grade bei ihm entwickelten, nämlich für Musik und Mechanik. Der Christtag brachte ihm in seinem fünften Jahre eine ganz gemeine Kindergeige und in wenigen Wochen wußte er alle ihm bekannten Melodieen auf diesem unvollkom=

menen Instrumente zu spielen. Im folgenden Jahre lernte er die Zither und auch darin übertraf er in kurzer Zeit seinen Meister. Im zehnten Jahre zog die Drehbank seines Vaters seine Aufmerksamkeit auf sich, und ob er sich gleich nur heimlich damit beschäftigen durfte, so brachte es der wißbegierige blinde Knabe doch bald dahin, daß er den Mecha= nismus und die Behandlung begriff und sein erstes Produkt war ein kleines Kegelspiel. Bald ging er zu größeren Unternehmungen über. Die Nachbarschaft einer Tuchwalke brachte ihn auf die Idee, ein großes Modell von dieser Maschine zu fertigen, und dieses gelang auch vollkommen. Ebenso machte er bereits im eilften Jahre eine Mostpresse.

Um diese Zeit kaufte sein Vater die Mühle zu Hoheneck bei Lud= wigsburg. Die Einsamkeit, in der er hier lebte, brachte ihn zu einer großen Menge von mechanischen Unternehmungen. Die bedeutendsten darunter waren: eine Schnellhaspel mit zusammengesetztem Räderwerk nach eigener Erfindung; ein großer, doppelbläsiger, vom Wasser getrie= bener Blasebalg für die Schmiede des Orts, der in der ganzen Gegend bewundert wurde.

Im dreizehnten Jahre machte er eine vollständige Dreh= und Hobel= bank, sammt allen dazu gehörenden Werkzeugen. Er verfertigte Meubeln aller Art, Wagen, Mühlräder und dergl.; erfand eine Menge von Fallen für Mäuse, Ratten, Marder und Vögel. Zum Abdrehen der großen Bäume für die Mühlräder erfand er eine Maschine, die vom Wasser ge= trieben, mit einem Fußtritt sehr leicht zum Stehen gebracht werden konnte und die das Erstaunen aller Dreher, die sie sahen, erregte.

Nun waren dem jungen blinden Käferle keine Unternehmungen mehr zu groß oder zu schwierig. Er errichtete eine künstliche Wasserleitung zur Bewässerung eines entfernten Gartens seines Vaters, indem in dem be= nachbarten Neckarflusse zwei Tichteln über einander aufstellte und in diesem ein Pump= und Druckwerk nach eigener Erfindung anbrachte.

Zur Ersparung der Handarbeiter, welche die Spreu von dem Ge= treibe sonderten, erfand er eine Vorrichtung, wodurch sechzig Schäffel ohne Menschenhände gereinigt werden konnten. In späteren Jahren machte er auch Uhren, wozu er, um die Räder recht genau zu erhalten, eine sehr sinnreiche Theilungsmaschine erfand.

Im zwanzigsten Jahre ergriff er die Beschäftigung, der er sein ganzes ferneres Leben widmete und in der er es zu einem hohen Grade von Vervollkommnung gebracht hat — das Verfertigen musikalischer In= strumente. Er fing mit Geigen und Zithern an. Schon die ersten Ver= suche erhoben sich über das Mittelmäßige und wurden gut bezahlt. Als er aber ein Klavier in die Hände bekam, so entschied sich seine Vorliebe gänzlich für dieses Instrument. In einigen Monaten lernte er das Klavier so gut spielen, daß er von nun an in der Kirche an Sonntagen die Orgel spielte. Sein Vater kaufte ihm eine kleine Handorgel. Das Selbsttreten der Blasbälge an derselben gefiel ihm nicht; durch einen ein= fachen Mechanismus ließ er dieses durch ein Mühlwerk verrichten.

Im zweiunbzwanzigsten Jahre machte er den Versuch, ein Fortepiano zu verfertigen. Die richtige Eintheilung und die, bei den vielen kleinen Theilen, erforderliche Pünktlichkeit machten dem blinden Manne viele Schwierigkeiten und es konnte nicht anders sein, als daß dieser erste Versuch unvollkommen ausfallen mußte. Besser ging es bei den folgenden, bei welchen er nun auch für ein zierliches Aeußere sorgte.

Als er so mit der größten Thätigkeit seine Lieblingsbeschäftigung trieb, gerieth die Mühle durch den Blitz in Brand. Nun mußte er das Instrumentenmachen eine Zeitlang aufgeben, um bei dem Wiederaufbau der Mühle behülflich zu sein. Er drehte fast alle Räder und Trillinge und fertigte einen neuen Hausrath für seinen Vater.

Käferle, dessen Geschicklichkeit ihn bereits in vorzüglichen Ruf gesetzt hatte, zog nun nach Ludwigsburg, erhielt dort das Bürgerrecht, legte eine förmliche Instrumentenfabrik an, hielt mehrere Gesellen und verbesserte seine Arbeiten von Jahr zu Jahr so sehr, daß sie bald allgemein gesucht wurden. Er verheirathete sich mit einem wohlhabenden Mädchen, baute mit seinem erworbenen Vermögen nach seinem Plane ein Haus und dehnte seine Versuche immer weiter aus.

Die Erfindung einer Metallharmonika nöthigte ihn, sich in Schmelz- und Eiselir-Arbeiten einzulassen, in denen er, wie in Allem schnell Erfindungen machte. So machte er Windbüchsen von besonderer Construction, welche aber von der Polizei verboten wurden. Auch mit mehreren chemischen Operationen beschäftigte er sich. Er machte Farben und Firnisse für seine Fabrik, brannte Branntwein, verfertigte Hofmann'sche Tropfen, bereitete Zucker aus Kartoffeln u. dgl. Noch lange lebte dieser merkwürdige Blinde im Schooße seiner Familie, in Wohlhabenheit und allgemein geachtet, zu Ludwigsburg.

Dulon,

geboren im Jahre 1770 zu Oranienburg, verlor die Augen im zweiten Monate seines Lebens; doch blieb ihm noch ein schwacher Schimmer. Er hörte nun zufällig, daß ein Marionettenspieler einen blinden Musikus, der die Flöte blies, bei sich hatte und dieses machte in ihm den Gedanken rege, sich auch mit der Flöte zu beschäftigen. Er erhielt zuerst von seinem Vater, nachher von einem geschickten Tonkünstler Unterricht, wurde Virtuos auf seinem Instrumente, ließ sich seit seinem zwölften Jahre mit allgemeinem Beifall hören, machte beträchtliche Reisen um sich hören zu lassen, stand eine Zeitlang bei der Kapelle des damaligen Großfürsten, nachherigen Kaisers Paul zu Petersburg und behielt nicht nur mit großer Schnelligkeit Alles, was ihm vorgespielt wurde, sondern variirte auch sogleich jedes ihm gegebene Thema und sein Gedächtniß war von solcher Stärke, daß er mehr als 300 Flötenconcerte auswendig wußte. Er hatte durch Vorlesen manche Kenntnisse erhalten und beschäftigte sich mit Erfolg mit der Dichtkunst, lernte auch während seines Aufenthaltes zu

Petersburg durch Herrn Professor Wolke fühlbare Schriftzeichen kennen, durch deren Zusammensetzung er Andern seine Gedanken schriftlich mittheilen konnte.

Kirchgeßner, (Marianna),

die Tochter des speierischen Zahlmeisters zu Bruchsal, wo sie 1773 geboren wurde. Sie hatte einen fehlerhaften Bau und am rechten Fuße nur 4 Zehen, wovon die große freistand, die andern 3 zusammengewachsen waren, und schon ihrem vierten Jahre wurden ihre Augen durch die Blattern völlig verdunkelt. Sie verrieth seit ihrer frühesten Jugend Talent für die Tonkunst und spielte schon im sechsten Jahre Klavier. Um diese Zeit verlor ihr Vater unverschuldet sein Vermögen und gerieth in eine sehr traurige Lage. Der Kammerpräsident Reichsgraf v. Berolbingen nahm sich jetzt der verlassenen Kirchgeßner an, ließ sie durch den baden'schen Kapellmeister Schnittbauer unterrichten, der auch für sie eine besondere Harmonika baute und sie ließ sich darauf im zehnten Jahre hören, ging mit dem durch verschiedene Musikwerke bekannten Rath Bußler 1791 auf Reisen durch Deutschland und die Niederlande nach London, wo sie sich über 3 Jahre lang aufhielt. Sie ließ durch den deutschen, aber seit 30 Jahren in England wohnenden Instrumentenmacher Fröschle nach ihrer und Bußlers Angabe eine Harmonika mit einem Resonanzboden verfertigen, die sich von andern Instrumenten dieser Art vorzüglich auszeichnete, und der dort wohnende Arzt Findler, gleichfalls ein Deutscher, machte Versuche zur Wiederherstellung ihres Gesichtes, so daß sie wieder einen Schimmer erhielt. Sie reiste nach Kopenhagen, von da an durch einen Theil Deutschlands und Preußen nach Petersburg, ging von da durch Polen und Schlesien nach Sachsen, wo sie sich in der Nachbarschaft Leipzigs mit dem Rath Bußler ein Landgut kaufte und in der Folge noch eine Reise nach Paris machte.

Sie war nach dem Urtheile von Sachkundigen die Erste auf dem Harmonika, trug darauf selbst für das Fortepiano schwierige Compositionen berühmter Tonkünstler, und nicht allein das Adagio, sondern auch das Allegro mit und ohne Begleitung anderer Instrumente meisterhaft vor, componirte auch selbst für die Harmonika.

Knie, (Johann),

geboren zu Erfurt 1795. Er verlor im zehnten Jahre seines Alters die Augen durch die Blattern. Sein Vater, welcher Hofarzt zu Hannover war, hielt sich seit dem Jahre 1813 wegen der damaligen Kriegsereignisse abwechselnd zu Dresden, Mannheim, Heidelberg und zu Pleß in Oberschlesien auf. An den letzten drei Orten besuchte er Schulanstalten für Sehende und erwarb sich dadurch und durch die vielen Erfahrungen, die er bei dem abwechselnden Aufenthalt an verschiedenen Orten zu sammeln Gelegenheit hatte, mancherlei Kenntnisse. So vorbereitet kam er mit 15 Jahren in das Blindeninstitut zu Berlin. Hier genoß er 5 Jahre den seinem Zustande angemessenen Unterricht sowohl in geistigen als in mechanischen Lehrgegenständen, lernte zwei musikalische Instrumente und machte glückliche Versuche in der Dichtkunst. Nach eigener Neigung und mit Zustimmung anderer Sachverständigen faßte er den Entschluß, dem Unterrichte seiner Leidensgenossen sein ferneres Leben zu widmen. Um sich dazu durch wissenschaftliche Bildung tüchtig zu machen, bezog er im Jahre 1815 die Akademie zu Breslau. Hier trieb er 3 Jahre lang Mathematik, Geschichte, Erdkunde und was dem Lehrer der Jugend nöthig ist und übte sich auch praktisch in der Lehrkunst. Sein vorzügliches Gedächtniß erleichterte ihm nicht nur die Erlernung mehrerer todten und lebenden Sprachen, sondern er konnte auch eine gehörte akademische Vorlesung bei seiner Nachhausekunft beinahe wörtlich dictiren, um sie in der Folge im Zusammenhange sich wieder vorlesen zu lassen. So wie er während seiner akademischen Laufbahn durch edle Menschen unterstützt worden war, so konnte er auch mit Grund zu der Ausführung seines Vorsatzes für die Zukunft auf diese Unterstützung hoffen. Auf seine Veranlassung ist ein Verein zwischen mehreren würdigen Männern in Breslau entstanden, um einen von ihm entworfenen Plan zur Errichtung einer Blindenanstalt zur Ausführung zu bringen und das mitleidige und wohlthätige Publikum für diese Idee empfänglich und theilnehmend zu machen. Knie besitzt durch seine wissenschaftliche Bildung und genaue Kenntniß und Uebung dessen, was zum Unterrichte der Blinden nöthig ist, so wie durch seine sanfte Gemüthsart und reine Moralität, ganz die Eigenschaft, welche ihn zum Lehrer und Vorsteher einer Blindenanstalt tauglich zu machen vermögen; und wirklich sehen wir ihn bereits eine Reihe von Jahren in voller Wirksamkeit in dem von ihm gegründeten Institute, dem er mit großer Umsicht zur allgemeinen Anerkennung, als Director vorsteht.

Gaillot,

ein vorzüglicher Musikus, besonders auf der Violine, aus dem Institute Haüys in Paris. Er hatte sich mit einem blinden, in diesem Institute erzogenen Frauenzimmer, das sich durch sein Spiel auf dem Fortepiano auszeichnete, verheirathet. Sie waren Eltern einer sehenden Tochter, die schon frühzeitig viel Talent für Musik verrieth.

* * *

Ich könnte noch eine lange Reihe von Blinden aufführen, welche sich in den verschiedensten Fächern des menschlichen Wissens und Könnens ausgezeichnet. Aber bei dem dieser kleinen Schrift zugemessenen engen Raum muß ich mich begnügen, mit der Erwähnung eines blinden Fremdes zu schließen, welcher alle Kopfrechner, alle Sachverständigen in Staunen setzt. Dies ist

Chybiorz, (Paul),

geboren im November 1827 zu Schwarzwasser im Teschener Kreise (österreich. Schlesien). Seine Eltern (arme Taglöhner) nahmen ihn schon als kleines Kind zu ihrer Arbeit mit aufs Feld, und hier wurde denn auch dem neunmonatlichen Knaben der erste Grund zu allem nachfolgenden Elende durch Unvorsichtigkeit und Unwissenheit gelegt. Man hatte den Kleinen der brennenden Sonnenhitze unbedeckt ausgesetzt; er bekam davon eine heftige Augenentzündung und erblindete endlich. Trotzdem verstrichen ihm die nächsten Lebensjahre in Heiterkeit und Jugendlust. Er kletterte munter mit auf Bäume und that es darin seinen sehenden Altersgenossen gleich. Von seinen geistigen Fähigkeiten zeigte sich damals noch keine Spur, denn sie bildeten sich erst in Folge langer Uebung und Beharrlichkeit unter Mithülfe der — Langeweile aus. Wäre der Knabe nicht blind geworden, so würde er jedenfalls derselbe gewöhnliche Mensch geblieben sein wie seine Kameraden. Er selbst zweifelte nicht im Mindesten daran, glaubt aber auch, durch dasselbe Mittel — beharrliche Uebung — alle möglichen Fertigkeiten erlangen zu können. — In seinem siebenten Jahre kam der Knabe nach Brünn in ein Blindeninstitut, ein Privatunternehmen, das durch Gaben der Wohlthätigkeit erhalten wurde. Reich flossen die Spenden an Geld, Victualien und Holz (oft in einem Winter über 60 Klafter); doch den Blinden kam das Wenigste zu Gute; bei schlechter Behandlung wurden sie vielmehr an die herbsten Entbehrungen gewöhnt. Sie schliefen in einer ungeheizten Kammer, in welcher Ofen und Fenster zerbrochen waren, so daß in einer Winternacht acht Knaben die Füße erfroren. Wochenlang wurden die Kleinen mit erfrorenen und ungesalzenen Kartoffeln gespeis't, deren sie drei zum Frühstück und drei zum Abendbrod erhielten. Im Sommer tummelten sie sich auf einige Quadratfuß Garten herum, wenn nicht die Zeit mit Unterricht in Anspruch genommen war.

Der Director der Anstalt unterrichtete selbst kaum dreimal jährlich; er hielt zwei Musiklehrer und für die Religionslehre einen Geistlichen. Einer der ersteren, Johann Terer, ein außerordentlich tüchtiger Mann, unterrichtete die Blinden auf Blechinstrumenten, und Schrönmer in Streichmusik. Einmal wöchentlich war Religionsstunde, zwei Mal täglich war Musikunterricht und ebenso oft Repetition desselben. Unter den vortrefflichen Lehrern brachten es die Kinder bald zur Virtuosität auf ihren Instrumenten. Nach auf Papier gepreßten Noten lernten sie erst die Melodie singen, dann folgte das Einüben auf den Instrumenten. Zur Verwerthung ihrer Kunst machte der Director mit seinen Zöglingen Reisen. Das Mitleiden gab reichlich (in zwei Sommermonaten wurden 4500 Gulden verdient), doch die Bemitleideten hatten Nichts davon; sie erhielten oft acht Tage lang nichts Warmes zu essen. Auf diesen Reisen wurden Olmütz und selbst Wien besucht; in der letzten Stadt hörte auch einmal der Kaiser mit Beifall dem Concerte der sechs Kinder zu, deren Leistungen bei der vortrefflichen Wiener Militairmusik Bewunderung fanden.

Im dritten Jahre wurde unser blinder Freund gefirmt, und es war ihm wohl kaum zu verdenken, wenn er mit noch fünf Unglücksgenossen das Institut und dessen Direktor verließ. Mit einem sehenden Begleiter anfangs, dann aber allein (weil jener sie übervortheilt hatte), reisten sie in ganz Oesterreich herum und dann nach Bayern. Aber das Unglück verfolgte sie, und sie hatten geringe Einnahmen. Kündigten sie ein Concert im Freien an, so regnete es; sollte es im geschlossenen Local stattfinden, so lockte die Pracht des plötzlich heitern Wetters Alles in's Freie. Sie reisten dann über Plauen, Eibenstock, Schneeberg, Freiberg und Dresden und traten auch in Pillnitz vor dem Könige von Sachsen auf. Mit Beginn des Winters trennte sich die Gesellschaft stets und ein Jeder begab sich in seine Heimath, um im Frühjahre am festgesetzten Tage und Orte von Neuem einzutreffen und nach achttägigen Proben und Uebungen das Wanderleben wiederum zu beginnen. In der Heimath fand Chybiorz seine Eltern alt und hülfsbedürftig, später seine Mutter als Wittwe. Der Bruder, welcher sich in besseren Umständen befand (er hatte durch Heirath eine Mühle erworben), verschloß sein Herz der Noth der Mutter und den Bitten des blinden Bruders, so daß diesem allein ihre Unterstützung oblag. Die Ersparnisse des Sommers wurden deshalb völlig aufgezehrt, ja sie reichten oft nicht hin, und der blinde Sohn gerieth in Schulden.

Fünfzehn Jahre lang wurde dieses Reiseleben fortgesetzt und Chybiorz war Cassirer der kleinen Gesellschaft. Im Anfang legte er täglich Rechnung ab, dann wöchentlich, aber bald hatte er es so weit gebracht, daß er am Ende eines Monats genau noch sagen konnte, was jeder Einzelne verzehrt hatte, wie viel er Antheil bekam und wie groß die tägliche Einnahme gewesen war. Auf diese Art entwickelte sich sein außerordentliches Gedächtniß.

In seinen letzten Wanderjahren traf ihn ein schwerer Unglücksschlag. Bei stürmischem Wetter wanderte er an der Seite der Chaussee und hörte einen dicht am Graben fahrenden Wagen etwas spät; er wollte zur Seite in den Graben treten, befand sich aber gerade auf einer geländerlosen Brücke und stürzte hinab, nicht in tiefes Wasser, in dem der gute Schwimmer keinen Schaden genommen haben würde, sondern auf harten Weg. Unbekümmert fuhr der Fuhrmann weiter und der jammernde Unglückliche blieb stundenlang liegen, bis endlich Hülfe kam. In Folge dieses Sturzes lag er schwer darnieder; die Aerzte pflegten ihn, wußten jedoch nichts zu thun und sahen nur in dessen baldigem Tode die Erlösung von unsäglichen Leiden. Seine Collegen fanden endlich einen Arzt, der eine Parforcekur versuchte. Sie schlug zwar an; aber drei Jahre lang durfte der Kranke nichts Geistiges oder Aufregendes trinken, nichts Salziges, Saures oder Reizendes essen, und er verlor die Kraft, das Waldhorn zu blasen, auf dem er Virtuos war. Diese drei Jahre lang lebte er nur von Brod und Wasser, und er hätte auch nicht viel mehr erschwingen können, da die Aerzte und die theure Arznei all' sein

Geld in Anspruch nahmen. Im Jahre 1856 blies er bei Troppau zum letzten Male sein Instrument. Aber nicht nur die Kräfte der Brust, sondern auch die des ganzen Körpers schwanden ihm. Als vierzehnjähriger Knabe hatte er einst sieben Tage lang je 7 — 8 Meilen zurückgelegt, um in seine Heimat zu gelangen und am achten noch mehr; jetzt war an dergleichen Leistungen im Entferntesten nicht zu denken.

Seiner Erwerbsquelle beraubt, lebte der Blinde zu Hause bei seiner armen Mutter in Schwarzwasser. Dort hatte der Kaplan Schmidt, jetzt bischöfl. geb. Secretär in Breslau, mit zwei Lehrern ein Streich=Terzett arrangirt, und er forderte den Chybiorz auf, die Bratsche zu spielen, um das Quartett vollständig zu machen. Vermöge seiner Geschicklichkeit und Musikkenntnisse (er war in Brünn gut in der General=baßlehre unterrichtet worden) übte sich unser Blinder bald ein, und das Streichquartett florirte, so wie auch ein bald daraus entstehendes Sing=quartett, in dem er den ersten Tenor übernahm. Seine Stimme war damals noch sehr wohlklingend und ungewöhnlich umfangreich. Diese Musikübungen dienten jedoch mehr zum Vergnügen als zum Broderwerbe; nur bisweilen trugen sie ihm ein Abendbrod ein. Zu einer solchen musikalischen Soirée des Herrn Vicar waren einst der Herr Landes=präsident und der Herr Landesbaudirektor, welche durch Schwarzwasser reisten, eingeladen. Nach dem Musiciren kam das Gespräch auf's Rechnen, worin der Blinde vermöge seines Gedächtnisses schon früher viel geleistet hatte. Der Landesbaudirektor stellte ihm Aufgaben, die auch glücklich gelöst wurden, und versprach ihm, wenn er einmal in Noth wäre und zu ihm kommen wollte, für ihn etwas zu thun. Bald trat dieser Fall ein und Chybiorz ließ sich das Geld zur Reise; allein der Herr Baudirektor wollte ihn nicht kennen oder doch nichts von seinem Versprechen wissen. Wie ein Donnerschlag traf dies den Armen, der nur noch einen 6 Kreuzerschein (ca. 8 Pf.) übrig hatte. Auf der Po=lizei suchte er um die Erlaubniß zu einer Produktion seiner Rechnen=künste nach, um wenigstens die Heimreise bestreiten zu können, er wurde aber abschlägig beschieden. Betrübt irrte er nun in der Stadt herum und trug, wie er offen und reuig gestand, seine letzten Pfennige in einen Branntweinladen. Das ungewohnte Getränk versetzte ihn in einen gelinden Rausch, und so begann er auf's Neue seine Irrfahrten in der Stadt. Endlich fragte er junge Leute, die er traf und bald als Gymnasiasten erkannte, nach ihrem Direktor. Einer führte den Blinden in die Direktionskanzlei, wo der Direktor sich gerade aufhielt, klopfte an und entfernte sich; die Thüre ging auf und, sofort nüchtern, stand der über seine Kühnheit erschrockene Chybiorz vor dem Direktor. Sehr freundlich hörte dieser die Erzählung des Unglücklichen und die Bitte um Erlaubniß zu einer Produktion im Gymnasium an, bestellte ihn zum Nachmittag wieder und verkündete ihm, daß am andern Morgen 10 Uhr das versammelte Gymnasium in der Aula ihn zu hören bereit sein würde. Voll Furcht und Hoffnung erwartete Chybiorz die große

Stunde, die ihm entweder Schaube oder Brod bringen sollte und er — hungerte sehr.

Schon halb 10 Uhr erschien er zitternd am Gymnasium. Endlich führte man ihn in den gefüllten Saal. Als er da auf dem Katheder stand, hatte er Muth, da Furcht ihm Nichts geholfen hätte und ein Rücktritt unmöglich war. Der Mathematikus Michael Schenk, ein liebenswürdiger Mann, fing klug mit Leichterem an und schritt, als er dies ausgezeichnet gelöst und den Muth des Mannes gewachsen sah, zu Schwererem. Er stellte die Aufgabe: Ein Cylinder mit gewölbter Kuppel hat 12 Klafter Durchmesser und ist bei 1 Klafter starken Wänden 3 Klafter hoch; in diesen Wänden befinden sich 6 Bogenfenster, 7' (nebst der Wölbung) hoch und 5' breit; wie viel Ziegel von einer bestimmten Größe sind nöthig, um die Wände ohne Kalk herzustellen? Nach kurzer Zeit folgte das Resultat der Kopfrechnung, richtig bis auf einen Bruch! Da sprach der Direktor: „Es ist genug!" — er entfernte sich und händigte dann dem Rechenmeister 14 fl. 45 kr. ein, sowie Nachmittags ein Zeugniß über seine Leistungen. Am andern Tage las man in der Zeitung einen Bericht hierüber und nun erfolgten Einladungen von der Ober-Realschule und der Handelsschule, welche beide das erste Zeugniß bestätigten und besiegelten. Glücklich eilte unser Freund in seine Heimat und schwelgte in den seligsten Hoffnungen. Er sah es schon, wie er einst einmal 800 fl. gespart haben würde. Dann, meinte er, sei er der reichste Mann in Europa, denn er wünsche sich nichts mehr und könne glücklich und zufrieden bis an sein Ende leben. Wie er dies an= fangen wollte, ist uns freilich räthselhaft, jedoch leicht begreiflich, wenn wir ihn anhören. Er würde nämlich für jene Summe ein Gütchen kaufen und armen Leuten die Bewirthschaftung derselben überlassen unter der Bedingung, daß sie ihn gut verpflegten. Thäten sie das, so sollten sie einst das Besitzthum erben, wo nicht, so würde ein Anderer es für sie übernehmen. — Doch sollte er keine Gelegenheit finden, diese specu= lative Idee zu verwirklichen.

Der blinde Rechenmeister folgte einer Einladung des Direktors des evangelischen Gymnasiums zu Teschen, zeigte sich auch dort im katho= lischen Gymnasium, in der Realschule und im Casino und wandte sich von da nach Olmütz. Vom dortigen Gymnasialdirektor ward er auf übernächsten Tag bestellt, dann noch einmal und wieder, und erst am vierten „übermorgen" war es ihm gestattet, seine Produktion zu geben. Durch diesen langen Aufenthalt war seine Baarschaft sehr geschmolzen; mit desto größerer Hoffnung sah er daher der baldigen Einnahme ent= gegen. Doch bitter war seine Täuschung: der Direktor hatte nämlich selbst eine Zahl in den Cubus erhoben und nannte sie zur Ausziehung der Cubikwurzel. Chybiorz fand aber (nach einer eigenthümlichen Me= thode) sofort, daß der Cubus unvollständig war. Der Direktor ver= neinte dies und als der Rechner bescheiden meinte, daß der Schüler, der es vielleicht ausgerechnet hätte, sich doch leicht versehen haben könnte, jagte jener beleidigt, daß er selbst den Cubus erhoben. Heftig erschrak Chybiorz; die Lehrer rechneten nach und lächelten, da sie den Cubus um 20,000 Billionen zu klein fanden. Enrüstet und beleidigt entfernte sich der Direktor, die andern folgten und der Blinde stand allein, ohne Hülfe, ohne Einnahme. Er wanderte weiter durch Böhmen, nach Preußen, Hannover und Sachsen, wo er sich jetzt aufhält.

Hier traf ihn ein neues Unglück; doch zuvor noch einiges Andere: Im Herbst 1858 stand er, den linken Fuß vorgestellt, an einem Gebäude, das gerade gehoben wurde. Da fiel 2 Stock hoch eine Art herab, ihm auf den Fuß und durchschnitt denselben, so daß er nur noch an der linken Seite festhieng. Seine Ersparnisse giengen wiederum daranf. Dann wurde der Arme im März 1859 in Galizien Nachts bis auf's Hemd ausgeraubt; sogar den Apparat nahm man ihm, mittelst dessen er für Blinde lesbare Schrift fertigen konnte, bestehend aus einem lateinischen Alphabete, dessen Buchstaben durch wenig hervorragende Nadelspitzen gebildet werden, die man dann in's Papier eindrückt. Mit dem Finger über die Nadelstiche hingehend, lesen die Blinden solche Schrift sehr rasch, so wie geübte sehende Leser die Druckschrift. Unser Blinder hat jetzt kein sehr feines Gefühl mehr in den Fingerspitzen, weil er es längere Zeit nicht gebraucht hat. Er könnte es aber, wie er sagte, leicht wieder erlangen durch ein Mittel, welches andere nicht von Jugend auf Blinde noch anwenden müßten, um sein fühlen zu lernen. Da er aber dieses außerordentlich feine Gefühl nicht nöthig hat, und die Operation ziemlich schmerzhaft ist, so unterläßt er sie. Er brauchte nämlich blos die Finger — in siedendes Wasser zu halten, bis die Haut abgeht.

Im August 1859 befand sich Chybiorz wieder in Schwarzwasser: da brach Mitternachts Feuer aus, und mit Mühe, als die Flamme schon in seine Kammer drang, ward er gerettet. Am andern Mittag war der Ort bei seiner leichten Bauart und nach der starken Sommerhitze bis auf 12 Häuser abgebrannt. Zwar war kein Menschenleben zu beklagen, doch mit unserm Unglücklichen der größte Theil der Einwohner aller Habe beraubt.

Auch damit sollte das Maß des Unglücks noch nicht voll sein! Im November des Jahres 1859 wanderte der arme Mann von Freiberg nach Chemnitz. Ein Wagen fuhr hart am Chausseegraben hin und ihm, als er ausweichen wollte, über die Zehen des rechten Fußes. Nach vierzehntägigem Leiden wurde der Unglückliche ziemlich wieder hergestellt und setzte bei der Winterkälte mit kranker Brust und zwei kranken Füßen allein seine Reisen fort, um ein kümmerliches Brod zu suchen, dessen Bitterkeit ihn sein Zartgefühl doppelt schmecken läßt. Die Hoffnung durch geschickte Ärzteshand wieder zum Augenlichte zu kommen, ist ihm seit dem vierzehnten Lebensjahre geraubt, wo er bei der Operation des grauen Staares (die Folge seiner früheren Augenentzündung) durch heftiges, einen Tag lang sich fortsetzendes Brechen und Haften, nachdem der kühne Schnitt glücklich geschehen war, völlig und rettungslos erblindete.

Anfang 1860 kam Chybiorz nach Leipzig, wo er durch seine Produktionen allgemeine Bewunderung erregte und an den bedeutendsten Männern der Wissenschaft großmüthige Gönner fand. Der berühmte Professor der Physiologie an der Leipziger Universität E. H. Weber schrieb über ihn im Tageblatt: Er hat ein bewunderungswürdiges Zahlengedächtniß und das Vermögen, sie sich so anschaulich vorzustellen, daß er mit großer Geschwindigkeit große Rechnungen im Kopfe ausführt.

Es ist dies Vermögen um so wunderbarer, da er sich die Zahlen nicht als Ziffern vorstellt, sondern als gesprochene Worte dieselben nur dann merken kann, wenn er die ihm vorgesagten Zahlworte laut oder heimlich nachspricht.

Wenn man ihm z. B. dreißig und einige einfache Zahlen ein einziges Mal langsam vorsagt, so spricht er die Summe alsbald in Quintillionen, Quadrillionen ꝛc. aus und führt, wenn man ihm dann eine zweite Reihe von einfachen Zahlen vorsagt, die Addition oder Subtraktion beider Reihen aus. Die einzelnen Zahlen, die in den beiden Reihen und in der Summe vorkommen, stellt er sich so lebhaft vor, daß er, wenn man ihm eine Stelle in einer der Reihen angibt, sofort die Zahl nennt, die diese Stelle einnimmt, z. B. die 21. Zahl in der 2. Reihe von links, die 17. Zahl in der 3. Reihe von rechts u. s. w. Fordert man von ihm, daß er eine Reihe von dreißig und mehreren Zahlen in Gedanken umkehre, nämlich so, daß die linksstehenden Zahlen rechts und die rechtsstehenden links zu stehen kommen und daß er dann diese beiden Reihen addire, so führt er dieses schnell aus. Solche Reihen von Zahlen bleiben, wenn er will, noch eine Woche lang und länger in seinem Gedächtnisse fest, so daß er dann dieselben Operationen mit diesen Zahlen wiederholt ausführen kann, auch wenn er unerwartet dazu aufgefordert wird.

Dieselbe geistige Anschauung der Zahlworte und dasselbe Gedächtniß zeigte er, wenn man ihm zehn oder mehr dreistellige Zahlen vorsagt, um sie zu addiren. Auch im Ausziehen von Quadrat- und Kubikwurzeln zeigte er eine bewunderungswürdige Fertigkeit, und hat sich selbst Methoden ausgedacht, diese Rechnungen im Kopfe abzukürzen. Herr Professor Möbius hat auf meine Veranlassung seine Fähigkeit, geometrische Verhältnisse aufzufassen, geprüft. Obwohl man glauben sollte, daß dieses einem Blinden sehr schwer fallen müsse, so zeigte sich doch bei ihm das Gegentheil. Denn ungeachtet er niemals geometrischen Unterricht gehabt hat, so faßte er doch die ihm vorgetragenen Sätze schnell auf, wendete sie sogleich richtig an und folgte dem Vortrage sogar bei schwereren Lehrsätzen. Auch Herr Professor Scheibner hat die Güte gehabt, seine Fähigkeit zu prüfen, Sätze aus der Zahlentheorie aufzufassen. Herr Hofrath Ruete endlich hat die Gefälligkeit gehabt, die Augen desselben zu untersuchen.

Von Leipzig, wo Chybiorz die menschenfreundlichste Unterstützung und Förderung, ja eine für sein ganzes Leben nachhaltige Hülfe erfuhr, wendete er sich in die thüringischen Staaten und wird nach und nach ganz Deutschland bereisen. Möge der Vielgeprüfte vor jedem weitern Unfall verschont bleiben und möge er durch Ablegung von Proben seines eminenten Rechnentalentes sich so viel erwerben, daß er geborgen vor aller Noth im Schooße seiner Familie ausruhen kann von den Müh=seligkeiten seines Lebens!

So gering diese Auswahl von Beispielen ausgezeichneter Blinder ist, so glaube ich doch, daß sie vollständig ausreicht, um darzuthun, daß es ein geistes=blindes Vorurtheil ist, den Blinden als solchen für un=fähig zu halten, daß er zu einem vollbürtigen nützlichen Mitgliede der menschlichen Gesellschaft herangebildet werde. Ein solches Vorurtheil, welches allein in Deutschland weit über 30,000 Menschen zu einem Elende verdammt, welches sich schwer schildern läßt, ein solches Vor=urtheil in einer Zeit, die für so aufgeklärt und human gilt, wie die unsrige, ist derselben völlig unwürdig.

O all Ihr Edlen, die Ihr diese kleine Schrift leset, höret in meinem schwachen Worte das Flehen jener Dreißigtausend: Duldet nicht länger, daß ein so unwürdiges Vorurtheil dieses lichte Zeitalter beflecke, tretet ihm entgegen, wo Ihr könnt und bekämpft es mit allen Waffen des Geistes und feuriger Menschenliebe! Dreißigtausend in ewige Nacht gehüllte Deutsche rufen durch meinen schwachen Mund zu Vierzig Mil=lionen sehender deutscher Brüder: „Macht unsere traurige Erdennacht nicht zur Höllennacht; schließt uns nicht aus von den Segnungen Eurer Bildung, Eurer freien und milden Staatseinrichtungen, Eurer Fort=schritte in Gewerbe, Kunst und Wissenschaft, Eures rastlosen Vorwärts=strebens zu einem reicheren, immer schöneren menschlichen Leben; schließt uns nicht aus von der Arbeit und der Ehre der Bürger, nicht von den Freuden und der Würde des eigenen Heerdes." Es ist unter den Lesern dieses Schriftchens vielleicht Keiner, der die Almosen, die er sein Lebenlang an arme Blinde verabreicht, nicht nach Thalern berechnen könnte; aber wenn auch eine Million Deutsche im Besitze dieses Schrift=chens wäre, und jeder hätte nach und nach zehn Thaler an Blinden=Almosen ausgegeben, so daß es in Summa 10 Millionen Thaler aus=machte, es wäre doch nichts — denn nicht Almosen können den Blinden helfen, sondern Bildung, Erziehung zu vollberechtigten und vollverpflich=teten Menschen. Und um diese Erziehung, diese gründliche Errettung aus dem tiefsten Elende ihnen angedeihen zu lassen, bedarf es keiner zehn Millionen Thaler, ist es nicht nöthig, daß eine Million Deutsche je zehn Thaler zum Opfer bringe. Wenn von den vierzig Millionen Deutschen jeder monatlich einen Pfennig in eine gemeinsame Blinden=Hülfskasse steuerte, so würde dadurch so viel gewonnen, daß alle bil=

dungsfähigen Blinden in Deutschland von frühester Jugend auf eine Erziehung genießen könnten, welche ihnen alle Almosen entbehrlich, und sie zu glücklichen, zufriedenen Menschen machte.

Ihr Edlen, die Ihr dieses leset, Ihr seid wohl alle bereit, Eure Hand aufzuthun und zu diesem Zweck mehr als einen Pfennig zu geben — aber Ihr seht Euch vergebens nach der allgemeinen Kasse um, in die Ihr Eure fromme Steuer niederlegen könnet. Wollt Ihr mir gestatten, Euch im Namen meiner Leidensgefährten einen guten und uneigennützigen Rath zu ertheilen? Für das von mir projectirte „allgemeine Blindengenossenhaus" — dessen Zweck und Einrichtung in dem hier folgenden Aufsatze entwickelt ist — gilt als eine wesentliche Aufgabe, den armen Blinden dadurch eine bessere Zukunft zu bereiten, daß dasselbe

1) dem obengedachten Vorurtheile entschieden entgegentritt;
2) die Blinden aufsucht, ihre Verhältnisse und ihre Fähigkeiten ermittelt und ihnen nach Befinden die Wohlthat einer sie zur Selbstständigkeit leitenden Erziehung, oder einer menschenwürdigen Versorgung zu verschaffen sucht und .
3) auf Errichtung einer genügenden Anzahl von Blindenerziehungs- und Versorgungshäusern unter andern auch durch Bildung eines Fonds zu diesem Zwecke hinarbeitet.

O wirkt, Ihr edlen Menschenfreunde, für die Unterstützung und Förderung dieses Unternehmens, damit dasselbe sich segensreich entfalten kann und heilbringend für die Blindenversorgung werde.

Einrichtung und Zweck

des

allgemeinen Blindengenossenhauses.

Bei Durchsicht des in nachfolgenden Zeilen behandelten Gegenstandes werden die geehrten Leser gewiß zu der Ueberzeugung gelangen, daß das Besprochene die Aufmerksamkeit eines jeden fühlenden und denkenden Menschen verdient; daß für das sehende Auge, welches täglich die Herrlichkeit der Natur, die Größe und Allmacht Gottes anstaunt und bewundert, auch Momente gegeben sind, in denen es die Leiden des Nichtsehenden in's Auge fassen soll. Um so schmerzhafter und bedauerlicher ist es daher, wenn ein Streben, welches nur der leidenden Menschheit geweiht ist, von so manchen Seiten hämische Verdächtigungen und boshafte Verleumdungen erfahren muß, die zum Theil nur anzusehen sind als Folgen des schmutzigen Neides, entsprossen aus der Unfähigkeit, die Anlage der Blinden derartig zu entwickeln, daß sie im Stande, den ihnen gebührenden Platz in der menschlichen Gesellschaft einzunehmen, zur Ehre dessen, der ihnen das Dasein gegeben, zu ihrem eigenen Heile und zum Wohle ihrer Mitmenschen zu wirken; oder auch als Folge des Mangels an richtiger Einsicht von der Sache selbst, welcher Mangel fast immer zu unrichtigem, auf dünkelhafter Anmaßung beruhendem Urtheile führt.

Wenn, wie so oft im Leben, dem Menschen Augenblicke kommen, wo er ernster und andachtsvoller gestimmt, wo seine Seele sich mit inbrünstigem Danke zum Geber aller Güter und auch der Himmelsgabe des Augenlichts erhebt, dann wende sein Gedanke sich meinen unglücklichen Leidensgefährten zu, dann ziehe er in Erwägung, ob denn für dieselben Alles geschehen, was Menschenliebe und Menschenpflicht gebieten. In den Herzen unendlich Vieler wird ein kräftiges, ja wohl ein anklagendes und spornendes „Nein" die Antwort sein. Wer träge und müssig den Leiden seiner Mitmenschen zuschaut, der spricht von der großen Anzahl von Blindenerziehungsanstalten, die entstanden, Deutschland allein hat 20, sagt er; er bedenkt aber nicht, daß in Deutschland 30,000 Blinde leben, von denen mindestens der sechste Theil erziehungsfähig, und daß dem ungeachtet etwa nur 1000 in den Anstalten Aufnahme finden können.

Von den in England lebenden 30,000 Blinden kann von je 7 nur Einer der Vortheile einer Ausbildung in den dort bestehenden 23 Instituten theilhaftig werden (siehe Household Words, 5. März 1861). Und so überall, in Frankreich, Dänemark und andern Ländern. Und wenn auch dem großen unermeßlichen Bedürfnisse völlig abgeholfen wäre, wenn jeder blinde Knabe und jedes blinde Mädchen in einer Anstalt Aufnahme finden könnte, dürfte man dann die Hände ruhig in den Schooß legen und sagen „unsere Pflicht ist erfüllt?" Keineswegs. Lasset uns, mit voller Anerkennung des Nutzens, den die Blindenerziehungsanstalten stiften, die Aufgabe derselben und zugleich die von ihnen bisher gelöste recht in's Auge fassen, und alsdann sehen, ob dadurch nur die hauptsächlichsten Uebelstände, unter denen der Blinde leidet, gehoben werden und wirklich zu heben sind.

Aus der Bezeichnung „Blindenerziehungsanstalt" erkennt man eigentlich schon die Aufgabe eines solchen Institutes, nämlich: den armen blinden Kindern Kenntnisse beizubringen, auch sie über das Leben hier und jenseits zu belehren, sie der Abgeschlossenheit zu entziehen, in welche das sie umgebende Dunkel sie nothwendigerweise versetzt, sie mit ihrem Schicksal zu versöhnen; das soll das Bestreben eines solchen Institutes sein. Nach den verschiedenen Verhältnissen, unter denen das Kind bisher gelebt, ist dasselbe bei seinem Eintritte in die Anstalt launisch oder heiter, in sich gekehrt oder mittheilsam, artig oder ungezogen. Alle diese Mängel zu beseitigen, oder die Tugenden zu befördern, ist der erste Schritt, den das Institut mit dem Kinde vornimmt und durch den es sich gleichsam mit dem ganzen Wesen und Innern des Kleinen vertraut machte. Erziehung ist aber weit umfassender; man erzieht zur Sittlichkeit und Religiösität, zur Arbeit, zur Selbstständigkeit, zu häuslichen und bürgerlichen Tugenden; die Entwicklung des Gemüthes, des Verstandes, namentlich des Erkenntnißvermögens, sowie überhaupt aller andern Geistesfähigkeiten, wie auch die Bildung des ganzen Charakters, vor Allem aber das Bestreben, ihn zu einem würdigen Mitgenossen des Reiches Gottes heranzubilden. Alles dies liegt in dem Worte: Erziehung.

Nach diesem allen muß nicht nur gestrebt, sondern es muß auch dasselbe wo möglich erreicht werden. Wo möglich! — darin liegt schon ein Zweifel ausgedrückt, der, wenn auch erst nur durch die Unsicherheit jedes menschlichen Strebens in der Seele hervorgerufen, stets klarer und bestimmter hervortritt, je mehr Blindenanstalten man kennen lernt. In jeder ist eine andere Richtung vorherrschend, welche, die Befähigung einiger Zöglinge bevorzugend, andere zurückstehen läßt.

Man kann unter diesen vier ganz verschiedene Systeme bestimmt ausscheiden. Bei einigen Anstalten, wie z. B. in München, Wien und Schwäbisch-Gmünd, ist die Absicht vorherrschend, den Zöglingen ein dauerndes, lebenslängliches Asyl zu bieten, in welchem sie, mit passender Arbeit beschäftigt, ein ruhiges, den Stürmen des Lebens fernliegendes Pflanzenleben führen sollen. Andere sind darauf bedacht, ihre Zöglinge, nachdem sie ihnen eine Beschäftigungsart glauben beigebracht zu haben, in's Leben hinaus zu schicken, sie ihrem eignen Schicksal zu überlassen und ihnen eine nur sehr spärliche Unterstützung an Geld oder Material zur Arbeit, dessen Werth zurückgezahlt werden muß, zu gewähren. Die Unterstützung aber ist lediglich von dem Verhalten des entlassenen Blinden abhängig, d. h. er bleibt beständig noch unter der Vormundschaft, unter welche ihn der Vorstand der Anstalt stellt; dieser empfiehlt ihn nämlich einer Persönlichkeit, die mindestens einmal im Jahre über das ganze Verhalten und Benehmen des Blinden dem Vorstande der Anstalt Bericht zu erstatten hat. Von der Eigenthümlichkeit, und dem Charakter einer solchen beaufsichtigenden Persönlichkeit, die als eine „liebreiche Bevormundung" von Seiten solcher Anstalten hingestellt wird, hängt demnach die fernere Verabreichung der dürftigen Unterstützung an den armen Blinden ab. Diese Richtung ist namentlich in Dresden und Hannover vorherrschend.

Eine dritte Klasse von Anstalten widmet sich einzig der Erziehung der blinden Kinder, und überläßt dieselben bei ihrem Austritt aus dem Institute ganz und gar den trüben und sorgenschweren Geschicken, die ihnen das unbekannte kampfvolle Leben außerhalb der Anstalten entgegen führt. Diese Richtung, die wie Jeder einsehen wird, unbedingt verwerflich ist, wird durch die Anstalten in Hamburg, Paderborn und Friedberg vertreten.

Das vierte und uns am zweckmäßigsten scheinende System ist das vorzugsweise durch Blinde selbst in England hervorgerufene, durch Hirzel in Lausanne zum Theil eingeführte und neuerdings auch in Kopenhagen angestrebte, wo neben der Einziehungsanstalt freie Werkstätten für die aus der Anstalt hervorgegangenen Arbeiter errichtet werden, in welchen sie nach freier Wahl arbeiten und auch, wenn es ihrem Wunsche entspricht, Wohnungen gegen eine mäßige Miethe erhalten können, so daß ihnen überhaupt die Anstalt in jeder Weise fördernd zur Seite steht. Wie dieses System in der umfassendsten Weise auszuführen, und zwar der Art, daß die Hülfe nicht nur den in den Anstalten gereiften Blinden geboten, sondern überhaupt jedem nicht Sehenden geleistet wird, darüber werden wir nachstehend einen Plan unterbreiten. Stets nach dem Orte nun, wo die Ausbildung des Vorstehers stattgefunden, oder nach dem Maße, wie seine geistige Entwickelung fortgeschritten, werden seine Anschauungen, seine individuellen Erfahrungen, die er ja für die zweckmäßigsten hält, in der besten Absicht, in der Anstalt zur Geltung gebracht. Wenn der Vorsteher noch dazu ein Sehender ist, wird er sich oftmals nicht in den eigenthümlichen Gemüthszustand der Blinden hineinfinden können; ihr tiefes und zartes, nach Innen gekehrtes Seelenleben bleibt ihm immer ein unenthülltes Geheimniß; er darf nur ein unvorsichtiges, ein unüberlegtes Wort fallen lassen, um den Frieden des armen Blinden zu zerstören, um ihm im innersten seiner Seele wehe zu thun. Ein anderer Uebelstand der Erziehungsanstalten geht aus dem Umstande

hervor, daß jede Anstalt bemüht ist, bei der alljährlichen Prüfung so
befriedigend und vortheilhaft zu erscheinen, wie nur möglich. Zu dem
Zwecke werden kunstvolle Werke, die den Blinden im Leben selbst wenig
Nutzen bringen, geübt, namentlich große Concerte, in welchen Mancher
ein Instrument spielen muß, das ihm später durchaus nicht forthelfen
kann, und dessen nachherige Entbehrung ihm nur Trübsal und Kummer
verursacht.

Nach diesen dargelegten Uebelständen wird vielleicht Mancher die
Frage aufwerfen, ob denn die Erziehungsanstalten durchweg verwerflich,
ob sie abgeschafft werden sollen? Darauf erwiedern wir: Keineswegs.
Ist auch bei vielen Anstalten dieser oder jener Mangel obwaltend, so ist
der Nutzen derselben doch unverkennbar und hoch anzurechnen. Leider
werden nämlich die Blinden in ihren Familien, falls diese reich sind, in
ein abgesondertes Zimmer des Hauses verwiesen, um dort, als eine zu
ewiger Gefangenschaft verurtheilte Schande der Familie ein einsames,
freuden- und thatenloses Pflanzenleben zu führen; ja selbst im besten
Falle vermag der Umgang seiner sehenden Anverwandten dem Blinden
nicht das volle Verständniß seiner Genossen zu ersetzen; zu leicht lassen
auch Wohlwollende seine Abhängigkeit ihm gerade da um so empfindlicher
fühlen, wo sie die zarteste Pflege und Rücksicht ihm wollen angedeihen
lassen und selbst ihre Aufopferung läßt den feinfühlenden Blinden nicht
jene schweigende Duldung vergessen, die ihm nur stumme Dankbarkeit,
selten ein thätiges Mitwirken gestattet. Er entbehrt ferner alle ihm so
nothwendigen Hülfsmittel zu seiner geistigen Fortbildung; der erregte
Wissenstrieb kann ihm nur eine unsichere, zweifelsvolle und halbe Befriedigung gewähren. Deshalb sollte die Blindenerziehungsanstalt die
rechte Vorbereitung für blinde Knaben und Mädchen sein; hier sollten
und müßten sie mit den verschiedenen Zweigen des Wissens und der gewerblichen Fertigkeiten bekannt gemacht werden, um in der Folge als
selbstständige, von ihrer eigenen Arbeit sich nährende Mitglieder der Gesellschaft dastehen zu können. Daß diese Absicht jedoch von den bis jetzt
bestehenden Blindenanstalten wenig oder gar nicht erreicht wird, stellt
sich bei deren näheren Betrachtung sofort heraus. Denn mit einigen,
ihm oberflächlich beigebrachten, aber noch nicht von ihm verdauten Kenntnissen und Fertigkeiten versehen, tritt der Blinde aus solchen Anstalten
ins Leben ein, er, welcher oft nicht jene neuen und zukunftsreichen Ideen
auszusprechen und auszuführen vermag, die bei den Blinden auf eigen-
thümliche Weise gewonnen, immer etwas Eigenthümliches haben. Denn
ihn blendet nicht die äußere Erscheinung, ihm verfälscht nicht der Wirr-
warr des Lebens die angebornen Ideen von sittlicher Würde, von der
harmonischen Glückseligkeit und Schönheit, zu welcher der Menschengeist
bestimmt ist. Bei ihm sind Vernunft und Gewissen die leitenden Sterne
seiner Nacht und vermöge seines Gedächtnisses und der rastlosen Thätigkeit seiner nie zerstreuten, stets auf einen bestimmten Zweck hinarbeitenden
Phantasie, strebt er auf das gesellschaftliche Leben jene ewige Wahrheit

der Naturgesetze anzuwenden, deren Erkenntniß ihm die begrifflich ge=
schulte Uebung seiner einzelnen übrigen Sinnesorgane um so sicherer ge=
währt, weil das Gesammtbild der täuschenden Oberfläche der Dinge
seinem umdunkelten Auge verborgen bleibt. Mit solchen Ideen, mit
seiner träumerischen stets wechselnden Phantasie, mit dem weichen sehn=
suchtsvollen Herzen steht jedoch der Blinde dann fast immer allein in
der Welt da. Sind die Vermögensumstände des Blinden günstig, so
gestaltet sich sein Leben als ein bloßes schwermuthsvolles Vegetiren, voll
unbefriedigten Dranges nach weiterer Ausbildung und nach geselligem,
erhebendem Umgang.

Nöthigen ihn dagegen die Verhältnisse, durch seiner Hände Arbeit
seine Existenz zu suchen, dann tritt zu der eben detaillirten, so zu sagen
moralischen oder philosophischen Seite des Blindenlebens eine noch weit
trübere praktische hinzu. Die Anzahl der Handwerke, welche der Blinde
üben kann, ist verhältnißmäßig gering, und dieselben sind, wie alle
männlichen Berufsarten, mit thätigen und tüchtigen Arbeitern wohl
versehen; der Mangel des Sehvermögens und die dadurch entstehende
Langsamkeit der Arbeit wird den Verdienst eines Blinden stets um die
Hälfte dessen herabsetzen, welcher durch Maschinenarbeit erzielt werden
könnte. Zu diesen zwei wesentlichen Uebelständen kommt dann noch der,
daß den blinden Handwerkern, als Einzelstehenden, nicht einmal fort=
während Beschäftigung zugesichert werden kann. Wenn ein Blinder ein
Institut verläßt, wendet er sich an die wenigen Freunde und Gönner,
die er besitzt, die sich alsdann auch bestreben, ihm Kunden zu verschaffen.
Er beginnt deshalb gemeiniglich damit, sich einen kärglichen Unterhalt
zu verdienen. Die Gewohnheit beginnt jedoch schon nach Kurzem die
Bestrebungen der Sympathie zu kühlen, und der Arbeiter wird seinen
eigenen Anstrengungen und Hülfsquellen überlassen, die ihn auf die
Dauer der Zeit nicht in den Stand setzen, das Nöthige für seine eigenen
Bedürfnisse herzustellen. Er kann auf dem großen Handelsmarkte nicht
mit seinen scharfäugigen Nebenbuhlern concurriren und wird aus dem
Kreise gedrängt. Er geräth in Mangel und muß sein Material ver=
pfänden oder verkaufen. Er kommt in's Arbeitshaus oder sucht sich viel=
leicht seine Existenz, indem er auf den Straßen seine Waare feil bietet.
Die nächste Stufe abwärts führt zum einfachen Betteln. Wie diese
vielen ungünstigen Verhältnisse ihre Abhülfe finden, auf welche Art den
Erziehungsanstalten eine Ergänzung geboten werden könnte, mit deren
Hülfe ihre Aufgabe vollkommen gelöst würde? dieses ist die Frage,
die uns gegenwärtig beschäftigt, und geben wir darauf die Antwort:
„Durch die Errichtung eines allgemeinen Blindengenossen=
hauses."

Ein allgemeines Blindengenossenhaus soll Blinde ohne irgend welchen
Unterschied aufnehmen; jeden Blinden, gleichviel ob er je zu der Anstalt
in Beziehung gestanden oder nicht, durch Rath und That helfen; es soll
ein Centralpunkt für die Blinden aller Länder und Nationen werden.

Wie dürften wohl verschiedene Abstammung, verschiedene Vermögensver=
hältnisse oder auch verschiedener Glauben bei einem Unternehmen, das
nur das Wohl einer ganzen, unglücklichen Klasse von leidenden Mit=
menschen vor Augen hat, einen Einfluß äußern? Wer fragt einen Hun=
gernden oder einen wirklich der Hülfe Bedürftigen, ob er Christ oder
Jude, ob er Deutscher oder Engländer u. s. w. sei: die Hülfe wird ohne
weitere Frage gewährt und so muß es auch hier der Fall sein. Gerade
deswegen braucht das Genossenhaus nicht das einzige seiner Art zu sein,
denn wo sich der Bedarf einer solchen Anstalt zeigt, was wohl fast überall
der Fall sein wird, könnten Special=Anstalten, gleichsam Verzweigungen
des allgemeinen, universellen Hauses errichtet werden. Diese speciellen
Anstalten sollen nicht als für sich bestehende Institute betrachtet werden,
sondern nur als Theile eines Ganzen; sie sollen stets in Verbindung
mit dem allgemeinen Hause und durchaus durch dieses wirken und durch
eine solche Verbrüderung, nur durch ein solches, alle Blinden umschlin=
gendes Band kann diesen Hülflosen eine dauernde und wahrhaft nützliche
Stütze geboten werden.

Der Zweck des Genossenhauses ist schon im Vorhergehenden ange=
geben; es soll als Ergänzung der Erziehungsanstalten dienen, es soll
den jungen Pflanzen, die aus den Instituten hervorgehen, Schutz bieten,
soll ihnen, wenn das winterliche Leben ihnen Kleidung und Nahrung versagt,
diese verabreichen und sie zu kräftigen Stämmen auferziehen, die selbst=
ständig dastehen und sichere Wurzeln in den schlüpferigen Boden schlagen,
die den Stürmen der socialen Härten zu widerstehen vermögen. Dieses
zu thun, ist keine kostenverursachende Pflicht, die dem Sehenden und den
verschiedenen Staatsregierungen obliegt; es ist eine nutzenbringende Pflicht,
durch die dem öffentlichen Leben unendlich reichhaltige Schätze zugeführt
werden; die Kräfte, die aus Mangel an Arbeit und Beschäftigung ver=
siegten und den Gemeinden oder der öffentlichen Wohlthätigkeit zur Last
fallen, die werden durch ein Genossenhaus in den Stand versetzt, sich
ihre eigene Existenz zu verschaffen und als thätige Mitglieder in der
Verkehrswelt, in der Welt des Ringens und Gewinnens aufzutreten.
Die früher beanspruchende Bürde wird in Vortheil verwandelt.

Auf welche Art dies geschehen könnte, ist eine Frage, die mich
jahrelang beschäftigt, und die ich, meinem besten Dafürhalten nach, für
gelöst erachte. Die aus den verschiedenen Anstalten in's Leben hinaus=
tretenden Blinden haben, wie schon erwähnt worden, mit unendlichen
Schwierigkeiten zu kämpfen, um das tägliche Brod zu verdienen. Manch=
mal haben sie gar kein bestimmtes Handwerk erlernt oder das Erlernte
ist doch nicht der Art, daß sie dasselbe ausüben oder gar verwerthen
können. Vorher ist es daher eine Aufgabe des Genossenhauses, Jeden
einem ihn hinlänglich ernährenden Berufszweige zuzuführen. Mit dem
Genossenhause verbunden, wird eine Erziehungsanstalt errichtet, wo
die von Blinden überdachten, aus jahrelang gemachten Erfahrungen ge=
schöpften Prinzipien zur Geltung kommen sollen, wo der Zögling in

allen Zweigen des Wissens und der gewerblichen Fertigkeiten, die nur dem Blinden zugänglich gemacht werden können, unterrichtet wird und derjenige, der die Gaben und Luft dazu besäße, sich zum Beispiel, zum Lehrer seiner Leidensgenossen heranbilden könnte. Als eine wichtige Quelle der Blindenversorgung erscheint die Musik. Eben in größeren Anstalten läßt die Menge der Mitglieder eine umfangreichere, musikalische Thätigkeit zu; die hervorragenden Talente können sich ausschließlich der Musik widmen und vollständige Musik-Chöre organisiren. Es gilt aber, diese Chöre zusammen zu halten, und wenn man sie nicht durch den Austritt Einzelner zersplittert sehen will, lasse man sie auf ihre eigene Rechnung größere Kunstreisen machen, empfehle sie in Bädern und an sonstigen belebten Plätzen. Will man hiergegen einwenden, daß die von Blinden schon unternommenen Reisen nicht immer ein glückliches Resultat erzielten, so liegt dies nicht an den Blinden selbst, sondern in dem für sie von den Anstalten leider herbeigeführten, mehr als inhumanen Verhältnisse. Einige Anstalten suchen nämlich den Blinden die Musik gänzlich zu entziehen, während die meisten sie nur als ein den gesammten Zöglingen zugängliches Vergnügungsmittel darstellen möchten, oder richtiger gesagt, sie als ein Mittel benutzen, um in ihren Anstalten damit zu glänzen. Diese verschiedenen, durchaus verkehrten Anschauungen verfehlten nicht, den blinden Musikern auf ihren Reisen die größten Hindernisse zu bereiten. So lange die Musik den Sehenden, dem eine weit größere Auswahl von Berufspflichten zu Gebote steht, nicht entehrt, und es ihm gesetzlich gestattet ist, dieselbe zu üben, kann sie für den Blinden unmöglich etwas Entehrendes sein und es ist die Pflicht aller Behörden, den Blinden diese ihnen natürliche Hülfsquelle offen zu halten und sie hierin zu unterstützen.

Hauptzweck des Genossenhauses bleibt aber immer der, in möglichst kurzer Zeit, z. B. 3 — 5 Jahren, den Blinden dahin zu bringen, daß er unabhängig, oder doch zum Theil unabhängig, die Hülfe Anderer für seinen Lebensunterhalt nicht mehr in Anspruch zu nehmen braucht. Wie weit sich das Vermögen, sich selbst ernähren zu können, erstreckt, das kommt auf die besonderen Gaben des Zöglings, die Charakterstärke desselben, auf die augenblicklichen Umstände und namentlich und vorzüglich auf die Wirksamkeit des Genossenhauses an. Nach genauer Erwägung aller dieser verschiedenen Verhältnisse, wo natürlich auch der eigene Wunsch des Blinden als Hauptbestimmungsgrund mit antritt, würde dann der Schüler sich selbst überlassen, jedoch im steten Verkehr mit der Anstalt stehend, in die Welt hinaustreten, oder er bliebe in der Anstalt, um dort seinem Geschäfte zu leben und die von ihm verfertigten Gegenstände würden durch das Genossenhaus veräußert, das ihm nach Abzug einer geringen Vergütung für seine Beköstigung, den Ertrag derselben übergiebt. Hiermit wäre einem der drei oben erwähnten Uebelstände abgeholfen; dem Genossenhaus sind jedoch noch weit mehr schöne Aufgaben zur Lösung gegeben. Der blinde Handwerker kann gerade seines Mangels und der daraus fließenden Langsamkeit halber mit dem Sehenden, wie wir gehört, nicht concurriren, wenn ihm nicht Erleichterungen geboten werden. Es wäre daher eine Hauptaufgabe der Anstalt, die Rohstoffe, welche die Blinden verbrauchen, in großen Quantitäten einzukaufen und sie den blinden Arbeitern für den Einkaufspreis zu überlassen, ihnen auch für einige Zeit Vorschuß zu leisten; dadurch würden sie in den Stand gesetzt, fortwährend zu arbeiten, wenn auch Zeit oder Umstände ihrem Geschäfte gerade nicht günstig wären. Bei einem Geschäfte tritt oft ein sichtbarer Mangel an Absatz ein, und dies kommt natürlicherweise auch häufig bei den blinden Gewerbsmännern vor; wo nun diesem Uebelstande sonst auch wohl noch durch eine eifrigere Thätigkeit, durch ein Selbstbewerben hier und dort um Absatz abgeholfen werden könnte, da muß der Blinde, dessen Bewegungen so sehr gehemmt, sich still in sein Schicksal finden. Hauptaugenmerk des Genossenhauses muß es deshalb sein, Mittel ausfindig zu machen, die ein günstiges Resultat in dieser Beziehung sichern, und diese Mittel sind schon gefunden. Sie sind zweierlei Art. In England besteht eine Genossenschaft von Blinden zur Beförderung des allgemeinen Wohlstandes derselben, die nicht weniger denn 56 blinde Männer und Frauen beschäftigt, und deren verfertigte Gegenstände durch einen besonderen Verkaufsladen, der nur die Sachen führt, an die Käufer bringt. Da findet man: Bürsten, Körbe, Korbstühle, Matten aus Cocosnußfasern geflochten, Flechtarbeiten aus Rohr, Weiden, Schilf, Stroh und Draht, überflochtene Reitgerten, alle Arten Seilerarbeit, verfertigte Schuhe, kurz Gegenstände aus beinahe jedem Handwerk, bei dem der Tastsinn den Mangel des Auges ersetzen kann. Durch den Betrieb dieses Ladens können wiederum Andere beschäftigt werden, die kein eigentliches Geschäft erlernt haben; 15 sind nämlich blos damit beschäftigt, die Waaren des Ladens an Käufer abzusetzen, Bestellungen einzuholen oder solche zu befriedigen. Spricht diese Art, den Blinden Absatz zu verschaffen, auch beim ersten Anblick an, so darf man doch nicht außer Acht lassen, daß die Kosten dabei nicht unbeträchtlich sind und dürfte daher ein anderes Mittel, das sich auch schon als erprobt bewiesen, zu empfehlen sein. Durch die Hülfe verschiedener Comité's edler Menschenfreunde, die sich überall bilden würden, werden die verfertigten Gegenstände Kaufleuten an den verschiedensten Orten übergeben, die zum Besten des Zweckes gewiß gerne auf jeden Vortheil beim Verkaufe verzichten und den Betrag der Waaren, welche sie an Kunden veräußert, alljährlich an das Genossenhaus einsenden würden, welches den resp. Arbeitern, die Gegenstände an das Genossenhaus gesandt, je nach dem Werthe dieser, schon im Voraus das baare Geld ausgezahlt haben würde.

Dies ist in Kurzem Zweck und Plan des Genossenhauses: dem Blinden sich eine selbstständige Bahn brechen zu helfen, ihn zum ebenbürtigen und nützlichen Mitgliede der menschlichen Gesellschaft heranzubilden. Das Genossenhaus ist sein Lenker und Führer, sein Vater und seine Mutter, es ist das Auge, das für ihn sieht, ihm die am Wege liegenden Hinder-

nisse anzeigt und wegräumen hilft, es ist seine Heimath, in der er liebevoll erzogen und stets mit offenen Armen aufgenommen wird, wenn er
durch den Drang der Umstände, durch Unglücksfälle oder sein eigenes
unsicheres Benehmen verhindert ist, zum Genusse seiner rechten Freiheit
und eines selbstständigen, sorgenlosen Lebens zu gelangen; dort wird er
den Frieden finden, den er vergebens in den Wirren des großen menschlichen Treibens gesucht.

Mögen diese wenigen Worte ihren Zweck erreichen, mögen sie zum
Herzen Derer dringen, die zur Abhilfe der oben beschriebenen Leiden der
armen Blinden beizutragen im Stande sind; Menschenpflicht und Menschenliebe gebieten dieses, und der Segen, den ein Genossenhaus einstens
verbreitet, wird in dem sonnenstrahlenden Jenseits, wo kein Dunkel und
keine Nacht, keine Blindheit und kein Nichtsehen herrscht, Denen ange-
rechnet, die ihr sehendes Auge und ihre mildthätige Hand nicht dem
Rufe, der im Namen aller Blinden an sie ergeht, verschließen. Darum
lasset uns wirken, so lange es Tag ist, denn es kommt die Nacht, da
Niemand mehr wirken kann!

Blicken wir auf die verschiedenen für die Sehenden eingerichteten
Institute und Vereine, so sehen wir, wie aus Kleinem und Unscheinbarem
oft das Großartigste und Herrlichste sich entfaltet, und wie aus den
geringsten Anfängen die segensreichsten Einrichtungen zur Beglückung der
menschlichen Gesellschaft hervorgingen. Die Klöster sind hiefür ein deut-
licher Fingerzeig. Sie entstanden aus Einsiedeleien. Vorerst war es
ein Mann; durch das Zusammentreten einiger entstanden ganze Brüder-
und Genossenschaften und aus solchen Klöster, die sich durch ihre eigenen
unter ihnen selbst geschaffenen Regeln und Vorschriften verwalten und
noch regieren. Ist nicht der bayerische Franziskaner oder Benediktiner
in einem österreichischen, französischen, italienischen, spanischen oder nicht
europäischen Orden, zu welchen er gehört, gleich heimathlich, wird er
nicht von jedem Gliede des Klosters als Bruder bewillkommt, betrachtet
und behandelt? ja er genießt sogar nach seinem Grade volle Gleichberechtigung. Ist nicht die Kirche gerade das Institut, welches die
Menschen ohne irgend welchen Unterschied als Brüder und Schwestern
in Liebe zu vereinigen strebt und jedem die volle Gleichberechtigung zu-
erkennt? ist nicht ihr stetes Streben nach ihren verschiedenen Phasen und
Gestalten sich zu erweitern und zu verbreiten? macht sie einen Unterschied zwischen Nationen?

Der Gustav-Adolph-Verein, der sich durch ganz Deutschland verbreitet, richtet sich dessen Thätigkeit blos auf deutsche kirchliche Zwecke?
ist er nicht auch bereit, die außerdeutschen kirchlichen Anstalten, wo sie
gedrückt und gehemmt werden, zu unterstützen und zu fördern, wie dies
schon in Ungarn, Siebenbürgen, Polen, Rußland vorgekommen ist?

Gehört nicht jeder zu den Pius-Vincentius-Johannis-Vereinen, der
in deren Geist wirkt und strebt? erfreut er sich nicht jedweder Hülfe
und Unterstützung, wenn er sich als wahrer Jünger derselben zeigt?

Haben wir nicht das deutlichste Zeichen der innigsten Vereinigung und großartigsten Verzweigung und Ausdehnung an dem Bruderbund der Maurer? Erkennt nicht Jeder den Andern als Bruder in den verschiedensten Zungen, soweit sie nur verbreitet sind, fühlt sich nicht Jeder verbunden, seinen Mitbruder bei Ausübung seines Berufs oder Geschäfts, wo sie sich im Leben begegnen, obgleich sie einander nie gesehen, wenn er ihn als solchen erkennt, förderlich in jeder Art an die Hand zu gehen?

Betrachten wir die Strebungen des trefflichen Schulze-Delitzsch, die darauf gerichtet sind, die Arbeitskräfte unter einander zu vereinigen, so sehen wir, daß sie dadurch im Stande sind, mit ihrem geringen Kapital gegenüber den Kapitalisten allein zu bestehen und so von denselben ihre Kräfte nicht in den Dienst genommen und ausgebeutet werden können.

Wer kennt nicht den geringen Anfang des Waisenhauses in Halle? Mit einem preußischen Thaler legte der fromme Herrmann August Franke den Grund zu dieser jetzt so großartigen Anstalt. Sie vereinigt alle Gewerbe und Unterrichtszweige. Man findet in ihr Apotheke, eigene Bäckerei und Schlachterei, kurz Alles, was die Unabhängigkeit einer solchen Anstalt nach Außen sichert.

Ich erinnere noch endlich an die Bildungsanstalt in Windsbach. Sechsunddreißig Kreuzer war der Anfang des edlen Dekan Brand, und welcher großartigen Ausdehnung erfreut sich nicht jetzt dieses Institut?

Wir sehen aus dem hier nur Angedeuteten, was durch Vereinigung vieler geringer Kräfte erreicht werden kann. Bewährt sich hier nicht der alte bekannte Satz: Vereinigung und Einigkeit macht stark?

Wenn die Sehenden schon das Bedürfniß fühlen, daß sie durch Association ihre Ziele sicher und am schnellsten erreichen, warum sollte denn den Blinden, die mehr als Andere das schon durch ihren Mangel hervorgerufene Bedürfniß nach Einigung haben, nicht auch diese Wohlthat zu Theil werden?

Würde zum Beispiel der Anfang mit dem Genossenhaus im Kleinen gemacht, mit etwa zehn Blinden-Asylisten und den dazu erforderlichen Lehrern und Anstaltspersonal, das sich bei zwanzig bis vierzig Blinden auch nicht zu vergrößern brauchte, so würde zur Bestreitung der jährlichen Ausgaben eine Summe von 2500 bis 3000 fl. erforderlich sein.

1) Für Miethe mit Garten, wenn nicht die Stadt, in der die Anstalt errichtet wird oder der Staat verfügbare Räume zu diesem Zwecke unentgeltlich überläßt . . . . 200— 300 fl.

2) Besoldung der Lehrer:

1. Lehrer, zugleich Direktor . . . . 800—1000 fl.
2. Lehrer . . . . 500— 600 fl.

ein Arbeitslehrer, der nur Nachmittags einige Stunden sich mit den Blinden beschäftigt . . . 150— 200 fl.

Der Musiklehrer, welcher ebenso wie der Arbeits-
lehrer eigentlich nicht zur Anstalt gehört . . 120 fl.
Der Oekonom oder Hausvater, welcher das übrige
Dienstpersonale zu halten und auch mit dem
Dienstpersonal die Wäsche zu besorgen hat . 400—500 fl.
Eine Lehrerin der weiblichen Arbeiten. . . . 100 fl.
Feuerung . . . . : . . . 120 fl.

Summe 2390 fl.

dieses im ersteren Falle,
im zweiten ist die

Summa 2940 fl.

Für Verabreichung der Normalkost erhält der Oekonom für den Kopf
per Tag 18 kr., dafür hat er an den Werktagen Morgens im Sommer
Milchsuppe, à Mann ungefähr ein Seidel mit einem Kreuzer Werth
Brod und im Winter Braunsuppe, Sonn= und Feiertage stets Kaffee
mit zwei Semmeln, um 10 Uhr für einen Kreuzer Werth Brod, Mit=
tags einen Teller Suppe, Fleisch und Gemüse, mindestens auf fünf
Personen ein Pfund Fleisch gerechnet, Nachmittags um 4 Uhr ein Stück
Brod und je nach der Jahreszeit im Sommer in der Woche mehrmals
Obst, im Monat Mai die Woche dreimal Butterbrod, Abends einen
Teller Suppe mit einem Kreuzer Werth Brod oder auch im Sommer
ein Seidel Bier mit belegtem Brod zu verabreichen; Bier hat er an
Sonn= und Feiertagen und am Mittwoch zu geben.

Die vermögenden Blinden, welche in das Genossenhaus eintreten,
zahlen nach den Ansprüchen, die sie oder ihre Angehörigen an das Ge=
nossenhaus machen.

Zur Leistung der Verpflegungskosten der unvermögenden Blinden,
so lange sie noch nicht selbst etwas verdienen können, sind die Gemein=
den heranzuziehen.

Die Verpflegungskosten betragen sonach à Person pro Jahr 108 fl.,
also für 10 Personen 1080 fl.

Die Gesammtsumme für Beköstigung der 10 Blinden, Lehrer und
Anstaltspersonal, Feuerung, Miethe rc. wäre demnach pro Jahr nach
dem ersteren Ansatz 3470 fl., nach dem zweiten 4020 fl.

Aus den hier nur theilweise bezeichneten Wegen, welche bei Errich=
tung des projektirten Instituts zu betreten wären, und aus dem hin=
zugefügten dürftigen Kostenvoranschlage wird jeder Unbefangene sogleich
erkennen, daß das Unternehmen nicht mit erheblichen Schwierigkeiten
und außerordentlichen Kosten in's Werk zu setzen ist.

Aufnahme - Bedingungen.

Für jeden nicht sehenden Bewohner des allgemeinen Blindengenossen=
hauses wird bei dessen Eintritt in diese Anstalt mindestens verlangt:

1) folgende Papiere:
   a. Geburts=, Impf= und Heimathschein;
   b. ist der Blinde der Schule entwachsen: Schul=, Confirmations=
   zeugniß und auch ein Zeugniß über den etwaigen Besuch der
   Sonntagsschulen, wo dieselben bestehen, oder Zeugnisse über
   etwaigen Besuch irgend einer andern Anstalt;

2) an Kleidung: zwei vollständige Anzüge, nämlich zwei Kopfbe=
   deckungen, zwei Halsbinden, (Cravatten) oder Halstücher, zwei
   Röcke, zwei Westen, zwei Beinkleider, mindestens drei Unterbein=
   kleider, zwei Paar Stiefel und ein Paar Hausschuhe, sechs Ober=
   hemden und mindestens drei Nachthemden, ein Dutzend Socken,
   ein Dutzend Taschentücher;

3) an sonstiger Wäsche: sechs Handtücher, drei Servietten, zwei Bett=
   überzüge, drei Unterleintücher, mindestens doppelte Kissenüberzüge;

4) ein vollständiges Bett, bestehend in einem Strohsack, einer Ma=
   tratze, einem Pfühl, einer Oberdecke, einem oder zwei Kopfkissen.

Außerdem hat der Eintretende noch mitzubringen: zwei Zahnbürsten,
zwei Kämme, eine Haar= und eine Kleiderbürste.

Nach Wunsch liefert die Anstalt das Erforderliche zu den billigsten
Preisen, ohne jeglichen Kostenaufschlag, sowie auch für Jeden ein ver=
schließbares Zimmergeräth.

Leistungen des Blindengenossenhauses.

Unterricht wird nicht nur in den verschiedenen Schulwissen=
schaften ertheilt, sondern auch in allen Zweigen des höheren Wissens,
soweit derselbe dem Blinden nur irgend zugänglich gemacht werden kann
und es von den blinden Bewohnern des Genossenhauses oder deren
Eltern, Verwandten und Wohlthätern gewünscht wird. Es werden zu
diesem Behuf die tüchtigsten Lehrkräfte verwandt und von diesen auch
Unterricht in den verschiedenen fremden Sprachen ertheilt.

Der Unterricht in der Religion wird stets nur von einem der
jeweiligen Confession angehörigen Lehrer gegeben.

Der Unterricht in Instrumentalmusik und im Gesang findet
in der ausgedehntesten Weise sowohl theoretisch als auch praktisch statt;

4 *

so wie auch in allen den Blinden zugänglichen Gewerbskenntnissen, soweit es nur von ihnen und ihren Angehörigen immer gewünscht wird.

Das Turnen, als eine unerläßliche Uebung für die Ausbildung der Gliedmassen, wird gleichfalls von einem tüchtigen Lehrer geleitet.

Unterhaltung durch Spiele, soweit sie dem Blinden nur immer zugänglich und veredelnd auf ihn wirken, wird in geselliger Beziehung in dem allgemeinen Blindengenossenhaus dessen Bewohnern geboten.

Anhang.

Gründungsplan von Blindenanstalten.

§. 1. Die Gründung von Blindenanstalten soll in jedem Lande von einem Vereine von Menschenfreunden unter dem besonderen Schutz der einzelnen Regierungen übernommen und der Anfang der Institute je nach den Verhältnissen und Mitteln, mit 20 — 30 aufzunehmenden blinden Landesangehörigen gemacht werden; die Aufnahme Vermögens=loser selbst wird, ohne einen anderen Unterschied, nach Würdigkeit und Dürftigkeit bestimmt, bis der Stand der Anstalt es erlaubt, alle blinden Landesangehörigen aufzunehmen.

§. 2. Die einzelnen Gründungsvereine übernehmen die Geschäfte unentgeltlich unter der Leitung eines besondern Ausschusses, der dem Vereine Rechenschaft schuldig ist, die in einem jährlichem Bericht und in Einsicht in die Papiere und den Stand des Vermögens der Anstalt besteht.

§. 3. Das Institut scheidet sich in ein männliches und weibliches, welche beide aber in Beziehung auf den Schulunterricht, so lange ver=einigt sind, bis der Umfang eine Trennung zuläßt. Die Scheidung des Unterrichts tritt nach Umständen bei der Wahl des Berufes ein.

§. 4. Der Wirkungskreis der Institute besteht in der Vertheilung des gewöhnlichen Schulunterrichts, der auf Gemeinnützigkeit beruht. Die einzelnen Lehrgegenstände, welche in drei Klassen abgehandelt werden, sind folgende:

1) Religionsunterricht (Glaubenslehre, biblische Geschichte, Reli=gions= und Kirchengeschichte),
2) Deutsche Sprache,
3) Schreibekunst,
4) Rechnenkunst,
5) Geographie,
6) Vaterlandsgeschichte,

7) Allgemeine Geschichte,

8) Naturgeschichte,

9) Naturlehre, populäre Chemie,

10) Gewerbskunde mit Landwirthschaftslehre,

11) Französische und englische Sprache,

12) Musik,

13) Turnen, Schwimmen.

Dieser Unterricht wird vom 6. bis zum 12. Jahre ununterbrochen ertheilt, vom 12. bis 18. Jahre die Fortbildung nach Maßgabe der Berufsverhältnisse geordnet.

§. 5. Die Handarbeiten werden in einer eigenen Arbeitsschule gelehrt und gefertigt und sollen in größtmöglicher Mannigfaltigkeit geboten werden; sie werden nach Maßgabe der Fähigkeiten und Neigung sowohl, als nach dem Grade der Nützlichkeit geregelt.

§. 6. Wenn für einzelne Handarbeiten keine Gelegenheit zum Unterricht gegeben ist, so hat die Anstalt zu sorgen, daß die Zöglinge in den einzelnen Judustriezweigen außerhalb der Anstalt Unterweisung finden.

§. 7. Bei der größeren Ausdehnung der Wirksamkeit des Instituts soll besondere Rücksicht auf landwirthschaftliche Kultur genommen werden, wozu jede Gelegenheit zu ergreifen ist. Zu dem Zwecke sollen die Institutslocalitäten wo möglich auf dem Lande oder zunächst der Stadt mit kleineren oder größeren Oekonomieen in Verbindung stehen, so daß Ackerbau = und Judustrieschulen sich gegenseitig die Hand bieten zur Hebung der Anstalt. Besonders nothwendig ist der Besitz eines Gartens für die Zöglinge.

§. 8. Die aus der Anstalt hervorgegangenen Produkte sind theils in einem eigenen zur Anstalt gehörenden Verkaufslocale zu veräußern, theils verschiedenen Menschenfreunden im ganzen Lande in Commission zu geben, doch so, daß dieselben keine Provision dafür beanspruchen, sondern das Geschäft neben ihrem eigenen rein aus Liebe zu der guten Sache besorgen. Die Rührigkeit in dieser Beziehung soll besonders Gegenstand der höchsten Aufmerksamkeit von Seite der leitenden Organe sein, und überhaupt die ganze Anstalt ein reges Leben nach allen Seiten hin entfalten.

§. 9. Ist die Erziehung für abgeschlossen zu erkennen, so besteht die Sorge der Anstalt darin, daß die einzelnen Glieder einer sichern Lebensexistenz zugeführt werden. Diese kann sowohl innerhalb der Anstalt in irgend einem Beschäftigungszweige, der sich bis zum selbstständigen Institutslehrer und noch weiter ausdehnen kann, als auch außerhalb derselben gesucht werden. Der freie Wille, gewonnene Kenntnisse und Fertigkeiten und der Zweck der Anstalt, deren Glieder in einer gewissen moralischen Verpflichtung zu ihr stehen, treten hier bestimmend auf, und die Weisheit und Humanität der Leitung der Anstalt wird diese Frage zum Besten der einzelnen Glieder wie des Ganzen lösen helfen.

§. 10. Die Anstalt soll dem Blinden eine stets willkommene Zu=
fluchtsstätte, ein Asyl sein. §. 11. Der Geist der Anstalt soll der des wahren Familienlebens
sein. Geistige und physische Pflege soll in gleicher Weise genährt werden.
§. 12. Zu diesem Ende sollen Männer gewählt werden, deren
Kenntnisse und Erfahrungen zur Hoffnung berechtigen, daß die Anstalt
wirklich ihren menschenfreundlichen Zweck erreicht, der eben dahin geht,
durch Erziehung und Unterricht die nöthigen Kenntnisse und Fertigkeiten
nach und nach allen Blinden für das Leben mitzugeben. Die Wahl der
Leitung der Erziehung und des Unterrichts bestimmt der Verein durch
seine Organe nach dem Bedürfniß der Anstalt und den zu Gebote stehen=
den Mitteln.

§. 13. Oberster Grundsatz der Erziehung muß sein, keine träge
Ruhe zu dulden, sondern die Zöglinge beständig in Thätigkeit zu erhal=
ten, sei es durch einträgliche Arbeit, oder durch lebendige Spiele (Leibes=
übungen). Bei der Erziehung und dem Unterrichte soll ferner der
Grundsatz gehandhabt werden, daß das ältere Glied das jüngere, das
befähigtere das minderbegabte unterstütze und lehre, wodurch einerseits
die mühsame Aufgabe des Lehrers erleichtert, andererseits das Instituts=
personal selbst zum Besten der Anstalt verringert werden kann und noch
besondere Vortheile bezüglich der Gründlichkeit und Fertigkeit der gewon=
nenen Kenntnisse erwachsen.

§. 14. Die verschiedenen Unterrichtsmittel, Arbeitswerkzeuge und
Maschinen sollen, wenn sie nicht im Institute selbst gefertigt werden
können, von den verschiedenen Handwerkern gewonnen werden. Das
Institutslocal selbst kann in jedem beliebigen Gebäude, das die Räum=
lichkeiten bietet, angebracht werden, so daß der Bau eines besonders ein=
gerichteten Gebäudes die Mittel der Anstalt nicht zu erschöpfen braucht,
denn der Blinde findet sich in jedem Hause zurecht, und es wäre gegen
das Interesse der baldigen Hebung des Blindenwesens, einer unbegrün=
deten Befürchtung das Wohl so Vieler, deren Loos um so früher ver=
bessert wird, zu opfern.

Muster der Vereinfachung der Institutslocalitäten und deren Ein=
richtung liegen vor, man darf sie nur in die Hand nehmen, um mit
wenigen Mitteln das ganze Institut zweckmäßig herzustellen.

Ein Lehrzimmer und ein Arbeitszimmer, wenn sie in einer gesunden
Lage sich befinden, sind für die Zöglinge hinreichend, wobei das Lehr=
zimmer zugleich für das Schlafzimmer durch zweckmäßige Einrichtung,
wenn es anfänglich an Raum gebricht, hergerichtet werden kann, wie
es in manchen Instituten in Paris mittelst Hängematten und dergleichen
geschieht.

§. 15. Die Hausgesetze sind folgende:
a) Die Zöglinge des Instituts stehen zugleich mit den übrigen
Angehörigen des Hauses im Sommer um halb 6, im Winter um halb
7 Uhr auf.

b) Den älteren Institutsangehörigen bleibt es unbenommen, früher aufzustehen um irgend ein wichtiges Geschäft innerhalb der ihnen angewiesenen Thätigkeit zu verrichten.

c) Nachdem sie angekleidet und gewaschen sind, wird Musterung wegen der Reinlichkeit gehalten, zu welchem Zwecke sie in besonderer Ordnung aufgestellt werden.

d) Hierauf folgt das gemeinschaftliche Morgengebet, an welchem alle Angehörigen des Hauses Theil zu nehmen haben, woran sich das gemeinschaftliche Frühstück reiht.

e) In einer halben Stunde muß das ganze Institut den Geschäften obliegen, je nach den verschiedenen Pflichten, die das einzelne Glied zu erfüllen hat. Die einzelnen Abtheilungen der Geschäftsstunde werden durch ein Zeichen mit der Glocke geregelt.

f) Die Zwischenzeit vom Frühstück bis 8 Uhr wird der bloßen Uebung in Handgriffen bei den verschiedenen Arbeiten und in der Musik gewidmet.

g) Um 8 Uhr fängt der Unterricht an und dauert bis 10 Uhr.

h) von 10 — 10½ Uhr freie Bewegung, 10½ — 11½ Uhr nützliche Beschäftigung.

i) 12 — 1 Uhr Erholungszeit.

k) 1 — 2 Uhr Unterricht.

l) 2 — 4½ Uhr Beschäftigung.

m) 4½ — 5 Uhr gymnastische Uebungen.

n) 5 — 5¼ Uhr Nachmittagsbrod.

o) 5¼ — 6 Uhr Vorlesung.

p) 6 — 7 Uhr Unterhaltung in Gesprächen und Spielen.

q) 7 — 7½ Uhr Abendessen.

r) 7½ — 9 Uhr Sprachübungen untereinander.

s) 9 Uhr gehen die Zöglinge unter besonderer Beaufsichtigung zu Bett.

§. 16. In alle diese abwechselnden Unterrichts-, Beschäftigungs- und Erholungsstunden theilen sich die Glieder des Institutspersonals bezüglich der Aufsicht, worüber der als Direktor an der Spitze stehende Lehrer die Oberaufsicht führt.

Ebenso wird das Personal, welches von den ältern Blinden darin unterstützt wird, die Ordnung im Hause aufrecht zu erhalten haben, wofür ein angemessenes Honorar geleistet wird. Hat das Institut eine dem Zweck entsprechende Ausdehnung gewonnen, so beschäftigt sich der Direktor ausschließlich mit der Leitung des Instituts und der Beförderung der Anstaltszwecke.

Ihm zur Seite steht der Hausvater, der als Bürgersmann durch irgend ein Geschäft der Anstalt nützen, sowie dessen Frau sich mit der Pflege der weiblichen Blinden beschäftigen kann.

§. 17. Vom sechzehnten Jahre an, in welchem die Schulerziehung abgeschlossen ist, wird die Zeit auf Arbeit und Verdienst verwendet, doch sind Vorlesungen zur weiteren Ausbildung, sowie einzelne Stunden der Woche zum Unterricht und zur Unterweisung in der Gewerbs= und Indnstrielehre bestimmt.

§. 18. Die Vergehen innerhalb des Hauses werden nach dem Verhältnisse der Familie beurtheilt und mit angemessenen bestimmten Strafen belegt, die mit dem Grade des Vergehens in Proportion stehen. Väterliche Ermahnungen und Belehrungen, so wie ein streng beobachtetes Familienleben werden gröbere Fehler gegen die Haussittengesetze zu ver= hüten vermögen; im Gegentheil wird gebührende Rüge und Strafe die Verletzung des Gesetzes sühnen, wobei Besserung Hauptgrundsatz ist.

§. 19. Die höchste Strafe ist die Entziehung der gewöhnlichen Kost, zeitgemäße Absonderung von der Gesellschaft der Mitgenossen und Fremde. Sollte es nöthig sein, einen Zögling wegen häufiger Ueber= tretung und Nichtachtung der Hausgesetze, wegen unverbesserlichen Un= fleißes, hartnäckigen Ungehorsams gegen seine Vorgesetzten u. dgl. aus dem Institute zu entfernen, soll diese Entfernung auf Antrag des Direktors unter Beisein und Anhörung des ungesitteten Zöglings vom leitenden Ausschuß als zeitweise Strafe beschlossen werden.

Doch kann der Zögling nach erfolgter Besserung wieder um Auf= nahme nachsuchen. Diese Entfernung geschieht jedoch nur in dem Falle, wenn das Institut keine Gelegenheit findet, den zu strafenden Zögling innerhalb der Anstalt angemessen durch Absonderung zu strafen und wenn diese daher außerhalb derselben gesucht werden muß.

§. 20. Der Besuch der Anstalt von Seiten der Eltern ist jeder= zeit gestattet. Es ist sogar der Letztern Pflicht, daß sie ihre Kinder für die Pflichten gegen die Anstalt anzueifern und zu gewinnen suchen; doch müssen sich dieselben zuvor beim Direktor der Anstalt oder dessen Stell= vertreter melden.

§. 21. Der Gottesdienst wird theils im Institutsgebäude gefeiert, theils und zwar wöchentlich einmal oder mehrmals (was von der Ge= legenheit der Nähe der Kirche abhängt) in der zunächst liegenden Kirche abgehalten. Sonn= und Feiertage werden theils zum Gottesdienst, theils zu Vorlesungen und Gesprächen, sowie zu Unterhaltungen, welche vor= zugsweise in gymnastischen Uebungen und in kräftigen Spielen, im Som= mer auch im Schwimmen bestehen sollen, verwendet, um wieder die kom= menden Wochentage mit frischen geistigen und physischen Kräften zu beginnen und muthvoll weiter zu bauen zur möglichst großen Selbst= ständigkeit im Wirken.

§. 22. Der Besuch von Bekannten und Verwandten an Sonn= und Festtagen ist nur nach vorheriger Anzeige beim Direktor gestattet.

§. 23. Die Gesundheitspflege hat ein eigener Arzt zu besorgen, der dieses Geschäft gegen mäßiges Honorar oder nach Umständen unent= geltlich übernimmt.

§. 24. Jährlich wird eine Prüfung im Institute abgehalten und der Bericht des Standes des Unterrichts mit dem Berichte des Standes des Vermögens verbunden.

§. 25. Die Ferien dauern 4 Wochen, die Erlaubniß wird an diejenigen ertheilt, welche nicht besonderer Nachlässigkeit sich schuldig machten, die Verweigerung ist als Strafe zu betrachten.

§. 26. Der Zögling soll vom 16. bis 18. Jahre ausschließlich seinem speciellen Berufe zugewendet werden.

§. 27. Der austretende Zögling hat nicht nöthig sich einer besonderen Zunftprüfung zu unterwerfen, um, nachdem er einmal von der Anstalt für tüchtig erkannt wurde, in einem Geschäftszweige sich zu bewegen; sie ist durch eine Controle der aus Sachkundigen bestehenden Prüfungscommission ersetzt.

§. 28. Der ausgetretene Zögling steht mit der Anstalt in beständiger Verbindung, gleich der Verbindung des Sohnes und der Verpflichtung desselben gegen das Vaterhaus. Er hat jährlich wenigstens einmal getreuen Bericht an die Anstalt zu erstatten und über seine Lebensverhältnisse. Die Anstalt hingegen übernimmt die Pflicht, den ausgetretenen Zögling vor allen Mißgriffen und Mißbräuchen, die von verschiedenen Seiten gegen ihn sich erheben könnten, zu schützen, wozu sie den Schutz der Behörden wie der Ortsgeistlichkeit in Anspruch nimmt.

§. 29. Gründungsvermögen:

a) Fonds, welche nach Maßgabe des Bedürfnisses und der vorhandenen Mittel für die Blindeninstitute von den Regierungen jährlich geleistet werden.

b) Die bisherigen Unterstützungen für Blinde von Seite der Magistrate und der Gemeinden sollen dem Blinden-Schulfond zugewendet werden.

c) Jede Gemeinde, in welcher ein Blinder lebt, soll einen Erziehungs-Beitrag leisten, wenn der Blinde kein Vermögen hat.

d) Ist eine Gemeinde arm, so sollen die andern Gemeinden eines Bezirkes durch Gemeindeumlagen zur Hülfe kommen.

e) Die Beiträge der reichern und vermöglichen Blinden.

f) Freiwillige jährliche Privatunterstützung.

g) Aufnahmgebühr zu 2 Thlr. oder 3 fl. 30 kr. für das eintretende Institutsmitglied.

h) Vereinfachung der Verwaltung der Institute wie der zu Gebote stehenden Mittel, ebenso Verwendung der erwachsenen Blinden zu verschiedenen Geschäften des Instituts, zu Lehrern u. dgl.

Ebenso wie die Verwaltung von Privaten unentgeltlich geführt wird, soll auch die Besorgung des Hauswesens ökonomisch und möglichst einfach gehalten werden.

i) Die Jahresberichte sollen an die verschiedenen Pfarreien und Gemeinden ausgeschickt werden, um jährliche Sammlungen bei bestimmten Festen, sowie zu wohlthätigen Stiftungen zu veranlassen.

k) Man stellt Männer an die Spitze, die sich kräftig der Hebung des Unternehmens annehmen, sowie menschenfreundliche Männer verschiedene

Zweige des Unterrichts, z. B. den Religionsunterricht u. dergl. unentgeltlich versehen möchten.

1) Sammlungen von Naturalien und dergl. Gaben, wodurch der
Oekonomie des Hauses aufgeholfen würde.

m) Ein bestimmter Beitrag bei Hochzeitsfesten und Kindtaufen oder
bei Kuhpocken-Impfung, welcher unter dem Namen Blindentaxe gewiß
lieber bezahlt wird, als manche unfreiwillige Taxe.

n) Jährlich mehrmals wiederholte Musikproductionen, deren Rein-
ertrag in die Blindenkasse fällt.

o) Gewinnung von Oekonomien zum Vortheil der Anstalten, welche
daraus Naturalien gewinnen und zugleich Gelegenheit haben, den Blinden
mit der Landwirthschaft bekannt zu machen.

p) Localitäten zum Beginne der Institute sollen vom Staate selbst
angewiesen werden, wenn nicht schon verfügbare Gebäude in den einzelnen Distrikten oder Gemeinden zur Benutzung überlassen werden;
daher der Sitz eines solchen Instituts anfänglich nach Localverhältnissen
sich richtet.

q) Herbeischaffung verschiedener Institutsbedürfnisse von Seite Pri-
vatwohlthäter, z. B. Einrichtungsgegenstände oder Materialien dazu für
Institutslocalität, Geräthschaften von Handwerken für den Unterricht
und Betrieb der verschiedenen Industriezweige; so auch Materialien zu
Kleidungsstücken u. dgl. Bedürfnisse.

Diese und andere Mittel, deren Aufbringung von der lebendigen
Geschäftsführung abhängt, die freilich keine Mühe zu scheuen hat, kein
Mittel unversucht lassen darf, mögen als Anhaltspunkte dienen, der
Gründung von Anstalten für Blinde, deren Nothwendigkeit auf der
Hand liegt, einen augenblicklichen Anfang und gesicherte Zukunft
zu geben.

Das Arbeiten im Dunkeln.

Genossenschaft zur Beförderung des allgemeinen Wohlstandes der Blinden.

In der Eustonstraße in London, nicht weit östlich von der Kirche des heiligen Pankraz, ist ein kleiner, wenig in die Augen fallender Laden, in welchem Bürsten, Körbe, Matten u. s. w. zum Verkauf aus= liegen und auf dessen einem Fenster an der äußeren Seite man ein Ge= mälde sieht, welches blinde Männer und Frauen darstellt, die mit An= fertigung von Bürsten, Körben und Matten beschäftigt sind. Dieser anscheinend bedeutende Laden bildet das Verkaufslocal eines wohlthätigen Institutes. Wir treffen hier einen jungen Mann, der, obgleich des Augenlichtes beraubt, doch ohne Führer durch die Straßen Londons geht, um im Westen und Osten, in der City und in der untern Stadt mit großer Umsicht und Genauigkeit die Bestellungen für jenes Institut einzuholen, als dessen Stadtreisender er angestellt ist. Ein anderer blin= der Mann in gleicher Weise thätig, geht auch allein durch die große Stadt, indem er nur bei den schwierigsten Uebergängen auf den Straßen, die freundliche Hülfe Fremder beansprucht, um über dieselben geführt zu werden.

Manche kleine Familien wohnen in der Nähe Londons, deren Un= terhalt von blinden Familienvätern beschafft wird und die dadurch vor Armuth und den Folgen derselben, dem Betteln, bewahrt werden, denn der oben genannte Laden bietet ihnen Gelegenheit durch industrielle Wirk= samkeit sich den nöthigen Unterhalt zu erwerben.

In den oberhalb des Ladens und hinter demselben eingerichteten Werkstätten werden arme und hülflose blinde Männer und Frauen in denjenigen Fertigkeiten unterrichtet, welche ihnen am leichtesten zugänglich und wodurch sie in den Stand gesetzt werden, ihre Arbeit am einträg= lichsten zu machen. Ein einsichtsvoller und zugleich auch thätiger Vor= steher, der selbst blind, leitet das ganze Unternehmen und ertheilt seinen Rath bei der Einführung von neuen Mitteln, um die Wirksamkeit der blinden Arbeiter nutzbringender zu machen. In einer Bibliothek sind alle in England und andern Ländern erschienenen Bücher gesammelt, welche von irgend einem Nutzen für die Förderung des Instituts sein können; die Sammlung wird stets vermehrt, wozu jährlich eine kleine Summe verwandt wird.

Das ganze Unternehmen verdankt seine Entstehung der Wohlthätig=keit einer blinden Dame, der Tochter eines Bischofs, welche aus freier Wahl, nur dem Drange ihres edlen Herzens folgend, ihre ganze Thätig=keit dem sich gesteckten Ziele gewidmet, nämlich einen Theil ihrer nicht sehenden Landsleute ihr Dunkel erleuchten zu helfen.

In England leben ungefähr 30,000 Blinde, von denen etwa die Hälfte dem weiblichen Geschlechte angehört, unter welchen Allen unge=fähr 3000 noch nicht das einundzwanzigste Jahr erreicht haben. Von der ganzen Zahl der Blinden sind unter 100 nicht 5, welche die Mittel zu ihrem Lebensunterhalt besitzen; Hunderte leben ohne Arbeit und Tau=sende erhalten ihr tägliches Brod durch öffentliche und private Mild=thätigkeit, wenn die Arbeit ihrer Hände nicht ausreichend ist.

Es bestehen in den vereinigten Königreichen 23 Blindenanstalten, von denen die vor 60—70 Jahren in Liverpool gegründete die älteste ist; dahingegen ist die des „heiligen Georg" in London die größte und die einzige von allen, zu welcher der Zutritt völlig frei ist. Obgleich nun sämmtliche Anstalten Platz zur Aufnahme von 1200 Personen ha=ben und obgleich die Zeit des Aufenthaltes für einen Jeden in diesen Anstalten höchstens auf vier Jahre angenommen wird, beträgt dennoch die Zahl der in den Anstalten jährlich Neuaufgenommenen nur 300. Hiernach ist anzunehmen, daß von je sieben Blinden nur einer der Wohl=that eines Aufenthaltes in jenen Anstalten genießt.

Bei der Mehrzahl der Blindenanstalten ist der Grundsatz vor=herrschend, nur solche Blinde aufzunehmen, welche noch nicht das 21ste Jahr erreicht haben und die zugleich unterrichtsfähig sind. Diejenigen, welche eine Aufnahme gefunden, erhalten neben der Erziehung Unter=weisung in denjenigen Arbeiten, wofür das Augenlicht nicht durchaus nothwendig ist, z. B. im Korbmachen, im Flechten von Matten aus Kokosnußfasern, im Weben von Matten, im Nähen von Säcken, im Spinnen von Zwirn und Bindfaden, dann im Nähen und Stricken. Durch Erlernung dieser Beschäftigungen werden die Blinden in den Stand gesetzt, wenn sie aus der Anstalt geschieden, ihr Brod sich einiger=maßen selbst zu erwerben; denn es gilt als Grundsatz, daß ein Jeder derselben in derjenigen Arbeit Unterricht erhält, für welche er die größte Befähigung zeigt und die ihm mithin auch am meisten zusagt. Einige dieser erlernten Beschäftigungen sind nicht, z. B. das Nähen und Stricken der Mädchen, einträglich, wohingegen wieder andere, wegen der für die Blinden ungünstigen Verhältnisse, sich auch nicht als genug ergiebig herausgestellt haben.

Jede Arbeit, welche mechanisch und ohne Beihülfe des Augenlichtes verfertigt wird und bei der nur vermöge des Tastsinnes die nöthige Genauigkeit erreicht werden kann, muß nothwendig, da eine große Vor=

ſicht erforderlich), weit theurer zu ſtehen kommen, als die durch Hülfe von Maſchinen hergeſtellte. So z. B. muß beim Flechten die Weide, welche niedergelegt wurde, wenn ſie wieder aufgenommen werden ſoll, durch den Taſtſinn geſucht werden; denn es iſt kein ſehendes Auge vorhanden, welches der Hand zu erkennen giebt, wohin ſie ſich zu wenden hat, um genau und augenblicklich das Geſuchte zu ergreifen. Es iſt natürlich, daß der blinde Arbeiter für die von ihm verfertigten Gegenſtände nicht doppelte Zahlung verlangen kann, weil er durch den Mangel des Augenlichtes genöthigt war, doppelt ſo viele Zeit als der Sehende auf die Herſtellung zu verwenden. Mit welchen Schwierigkeiten hat nicht der Blinde zu kämpfen! ſo z. B. bringt dem Anfänger im Korbflechten ſeine Arbeit faſt weniger ein, als zur Anſchaffung des Rohmaterials erforderlich iſt.

Noch ein anderes großes Hinderniß tritt dem Blinden entgegen. Es ſind nämlich diejenigen Handwerke, welche von denſelben erlernt werden können, in Bezug auf ihre Zahl ſehr begrenzt, und ſelbſt dieſe ſind, wie alle männlichen Berufsarten, mit geſchickten und tüchtigen Arbeitern wohl verſorgt.

Wenn die Blinden, welche unter uns leben, auch in allen den Handwerken, die ihnen vermöge ihres Mangels an Augenlicht zugänglich, Unterweiſung erhielten, ſo würden dennoch die vielen armen Blinden kaum ernährt werden. Doch können ſie jene Unterweiſung nicht alle erhalten, ja man kann wohl kaum mehr als den tauſendſten Theil annehmen, welcher nothdürftig in den Stand geſetzt wird, ſich kümmerlich zu ernähren. Wenn z. B. der Matten= oder Korbflechter ein Blindeninſtitut verläßt, ſo wendet er ſich gewöhnlich an die ihm bekannten Perſonen mit dem Erſuchen, ihm Kundſchaft, mithin Arbeit zu verſchaffen, wodurch er für's Erſte ſich den nöthigſten Unterhalt zu erwerben ſucht; aber nur zu bald erkaltet der Eifer, dem Blinden zu ſeinem Fortkommen behülflich zu ſein und er ſieht ſich dann auf ſeine eigenen Anſtrengungen und Hülfsmittel angewieſen, und iſt er dann nur zu oft nicht im Stande, auf dem Handelsmarkt mit ſeinen ſehenden Nebenbuhlern concurriren zu können, und daher außer Stand, ſich das Nöthige für ſeinen Unterhalt zu verdienen. Um ſich vor dem drohenden Mangel zu ſchützen, geräth er auf den unglücklichen Ausweg, ſein Rohmaterial zu verpfänden; dieſes iſt die erſte Stufe abwärts, die andern folgen nur zu raſch, Arbeitshaus und zuletzt Bettel.

Um den in Vorſtehenden nur in kurzen und ſchwachen Andeutungen geſchilderten Schwierigkeiten zu begegnen, wandte die vorhin ſchon erwähnte Fräulein Gilbert, die wohlthätige Stifterin des Inſtitutes, ſich an ein Comité, zuſammengeſetzt aus einflußreichen und tüchtigen Männern, und um den nutzbringenden Kreis des Inſtitutes nicht zu begrenzen, ſollte dieſes Comité eine Genoſſenſchaft zur Beförderung des allgemeinen Wohlſtandes der Blinden werden.

Die blinde Dame, welche dieſes Werk begonnen, machte ſchon,

nachdem sie zuvor Reisen unternommen, alleinstehend im Mai des Jah=
res 1854 einen Versuch, und erst im Juli des folgenden Jahres erging
ein Aufruf zum Steuern von Beiträgen, indem sie zugleich den Wunsch
aussprach, ihren nur in kleinem Maßstab angelegten Plan erweitern zu
können. Freunde und solche, welche Beiträge gezeichnet, traten achtzehn
Monate später zusammen, um die kleine Schöpfung, aus Privatmitteln
hervorgegangen, derartig zu erweitern, daß sie eine große öffentliche An=
stalt werde, zugleich auch die hiezu nöthigen Mittel festzusetzen und die
Beschaffung derselben zu vermitteln. Nachdem die Stifterin durch Ueber=
weisung von 2000 Pfd. Sterling ein Grundkapital für die Anstalt ge=
schaffen, sucht die Gesellschaft selbst durch Sammlung von Beiträgen
jenes Kapital zu vermehren, um dadurch in den Stand gesetzt zu werden,
die bis jetzt noch kleine Anstalt immer mehr zu erweitern und mithin
immer mehr Blinden eine hülfreiche Hand bieten zu können. Der nächste
Zweck der Anstalt ist, als Ergänzung der bereits bestehenden Blinden=
schulen zu dienen; dieselbe ist in trüben Tagen gleichsam das Auge des
blinden Arbeiters; sie ist ihm behülflich, ein Handwerk zu lernen, im
Fall er noch keines gelernt hat oder das bereits erlernte nicht der Art
ist, daß er durch dasselbe seine Existenz finden kann; sie vertheilt zugleich
die Arbeit, welche sie verabreichen kann, in liebreicher und freundlicher
Weise. Ob dieses viel oder wenig ist, hängt natürlich davon ab, ob
viel in dem Laden, dessen wir schon erwähnt haben, an Bürsten, Mat=
ten, Körben u. s. w. abgesetzt wird.

Dieser Laden ist der Berührungspunkt zwischen den Käufern und
den blinden Männern und Frauen; es ist nie die Absicht gewesen und
würde wohl auch nicht thunlich sein, denselben völlig unabhängig hinzu=
stellen. Alle durch denselben verkauften Gegenstände werden an die
Privatkunden für die gewöhnlichen Verkaufspreise abgesetzt: der errun=
gene Verdienst wird dagegen den blinden Arbeitern ohne jeden Abzug
für den Verkauf derselben oder für die Unterhaltung des Ladens ausbe=
zahlt. In dieser Weise wird einigermaßen die nöthige Ausgleichung des
ungünstigen Verhältnisses, dem jeder blinde Arbeiter durch die nothwendig
hervortretende Langsamkeit der Arbeit unterworfen ist, hervorgebracht.
Um dieses aber zu können, sind Fonds und Beiträge nöthig, und es
hat diese kleine Anstalt unter vielen anderen guten Zwecken auch den,
als Austauschungsplatz zu dienen, durch welchen der in seiner Wohnung
arbeitende Blinde mit dem in dem Laden kaufenden Publikum in Ver=
bindung gebracht werden kann. Wenn wir recht unterrichtet sind, be=
tragen gegenwärtig die Einnahmen der Anstalt die Summe von 1400
Pfund (etwa 8600 Thaler) jährlich. Von dieser Summe wird unge=
fähr die Hälfte an die in ihren Wohnungen Arbeitenden für die von
ihnen gelieferten Gegenstände gezahlt. Von jedem Pfund Sterling, das
für verkaufte Matten eingeht, erhält der blinde Arbeiter nach dem an=
genommenen System ein Drittel (sieben Schillinge); an die Korbmacher
wird ein Schilling weniger vom Pfund Sterling ausgezahlt.

Eine Hauptaufgabe der Genossenschaft ist, denjenigen zu Erlernung eines Handwerks behülflich zu sein, welche ohne dasselbe nicht im Stande sein würden, weder ihre eigene Existenz noch auch die ihrer Angehörigen zu sichern. Es geht daher auch das Hauptstreben eines der Vorsteher, des Herrn W. Hanks Levy dahin, neue Berufsarten ausfindig und den Blinden zugänglich zu machen, damit diese durch deren Betrieb einen immer weitern Wirkungskreis zur Erwerbung ihres Unterhalts erlangen; zugleich ist man auch darauf bedacht, Erleichterungen in der Art der Arbeit ausfindig zu machen, um auch in dieser Weise die erzielten Hülfs= quellen so ausgiebig wie möglich zu machen. Es hat der Herr Levy den für die Blinden zugänglichen Handwerken schon sieben neue und sehr einträgliche Beschäftigungen hinzugefügt. Derselbe hat mehrere Rei= sen in die Provinzen und auch eine nach Frankreich gemacht, um neue und erprobte Methoden bei den alten Handwerken aufzusuchen. Als Er= folg seiner Bestrebungen verdient hier angeführt zu werden, daß er aus Frankreich einen Plan zum Korbflechten auf Holzblöcken mitgebracht, welche neue Art sich als eine ergiebige Quelle für die Arbeiter gezeigt hat.

Der kleine, oben erwähnte Laden in der Eustonstraße ist nur schmal, seine Wände sind mit Matten aus Kokusnußfasern bekleidet, und an derselben entlang sind aufgestapelt Seilerarbeiten, Körbe und Korbstühle; in den Kisten und Schubladen liegen Bürsten in großer Auswahl; Strohgeflechte und leichtere Arbeiten liegen auf dem Laden= tisch; niedlich gearbeitete Bürsten, die den Schönheitssinn und den Ge= schmack ansprechen, liegen in dem Fenster; als Verkäuferin ist die Frau Levy hinter dem Ladentisch beschäftigt.

Wenn wir nähere Auskunft wünschen, werden wir von der Frau Levy durch ein kleines Zimmer geführt, wo an einem langen Tische blinde Männer sitzen, eifrig damit beschäftigt, durch Bürstenmachen, Korbflechten, Mattenverfertigen oder Seilerarbeit für sich und die Ihrigen den nöthigen Unterhalt zu erwerben. Wir werden dann nach einem kleinen Zimmer geführt, wo uns in der Thür desselben der Vorsteher entgegenkommt; dieser, auch ein Blinder, kennt alles ihn Umgebende ganz genau, er befühlt die Gegenstände, um dieselben zu erkennen, nur ein paar Mal, gleich wie ein Mann, der sich im Dunkeln befindet; er steigt mit Schnelligkeit und Genauigkeit Stufen hinan, geht gewandt um den Tisch herum und vermeidet das Stoßen an Stühle. Bei un= serm Eintritt in das Zimmer, in welchem blinde Frauen arbeiten, wandte er sich an uns mit dem Bemerken: „Sie sehen, daß eine dieser Frauen gerade mit dem Bereiten ihres Thees fertig ist.“

Und so war es. Eine blinde Frau stand am Feuer, beschäftigt mit großer Vorsicht kochendes Wasser in einen kleinen Theetopf zu gießen. Ob das Geräusch durch das Eingießen des Wassers verursacht, oder der Geruch des Thees den Mangel des Augenlichtes ersetzten, wissen wir nicht zu sagen. In dem Zimmer selbst war manches für uns zu beobachten, obgleich dasselbe, wenn auch von der Hausflur

Sonnenstrahlen in dasselbe fielen, für alle Anwesenden, mit Ausnahme der Besucher, völlig dunkel war. Wir fanden hier eine Gesellschaft von thätigen Frauen, die in verschiedener Weise beschäftigt waren. Einige von ihnen befaßten sich damit, verschiedene Rohre mit Korbgeflecht zu umwinden, andere säumten Betttücher, wieder andere modellirten Bouquet-Halter aus rohem Holz u. s. w. So verschieden auch die Beschäftigungen waren, so waren doch von allen Arbeiterinnen ihre Augen nicht auf ihre Arbeit gerichtet. Obgleich dieselben von einem Fremden besucht wurden, zeigte doch nicht eine von ihnen die geringste Spur von weiblicher Neugierde. Die weiblichen Augen sind gewöhnlich so beweglich und die Hände der Frauen in ihren Bewegungen so genau abgemessen, daß dem Besucher das Dunkel in diesem von Arbeiterinnen eingenommenen Zimmer um so mehr auffällt. Und doch herrscht hier das Dunkel ohne jeden Lichtstrahl, in welchem alle Frauen eifrig mit ihrer Arbeit beschäftigt sind. Ein paar derselben waren sehr niedergeschlagen, da sie keine Arbeit erhalten konnten.

In einem andern Zimmer, wo die Männer arbeiteten, bemerkten wir einen, der mit großer Sicherheit mit eingeweichten Weiden arbeitete, und durch Messungen ganz genau die Größe und die Biegungen herausfand.

Es ist hier auch eine Bibliothek vorhanden, die aus 120 Bänden besteht und von mehr als 60 Lesern benutzt wird. Auf den Blättern der Bücher fanden wir erhabenen Druck nach 6 oder 7 verschiedenen Systemen. Den in diesem Hause Arbeitenden ist ein weiterer Blick in die Literatur geöffnet durch die Freundlichkeit von zwei Damen, welche jede Woche einige Stunden darauf verwenden, den Blinden vorzulesen. In einer Bücherreihe dieser Bibliothek fanden wir auch einen Leseapparat für Blinde, in welchem die Buchstaben auf Typen befestigt sind. Es sind auch noch drei oder vier verschiedene Apparate für blinde Schreiber vorhanden. Für diejenigen, welche, ehe sie erblinden, schon schreiben konnten, dient ein einfaches Schreibeblatt, welches auf der Oberfläche mit erhabenen Linien versehen ist. Die Feder verfolgt die Erhöhungen der geraden Linien, welche zugleich den nöthigen Abstand der einzelnen Zeilen bestimmen und es werden auf diese Weise die Buchstaben entweder auf den erhöhten Strichen, oder oberhalb oder unterhalb derselben geschrieben. Eine solche Schreibplatte kostet höchstens zwei englische Schillinge und sie entspricht dem Bedürfnisse weit besser als die mehr zusammengesetzten Apparate, die vielleicht zwei Pfund kosten. Für Blinde, welche das Schreiben noch erst lernen sollen, ist ein kleiner, sinnreicher Apparat erfunden, welcher dem Blinden eine saubere Fläche darbietet, auf welche er fest und sicher ein Blatt Papier von einer gewissen Größe befestigen kann; ein kleiner hölzerner Schieber wird in Bewegung gesetzt, um der Hand die nöthige Richtung zu geben, und welcher in der Mitte die Oeffnung für die Buchstaben, wodurch die Schrift hervorgebracht wird, darbietet. In 26 verschiedenen kleineren Räumen, welche mit dem Apparate verbunden, sind die verschiedenen Buchstaben aufbewahrt. Wenn z. B. ein Schreiber das Wort „Buch" zu bilden hat, setzt er also zuerst den Buchstaben B, schiebt den Schieber vorwärts und setzt dann den Buchstaben u daneben, worauf er zunächst den Buchstaben B fortnimmt und dann in dieser Weise fortfährt. Von dem in dieser Weise Ge= druckten und Geschriebenen können gleichzeitig zwei oder mehrere Kopien genommen werden. Der Hauptvortheil dieses Apparates ist aber, daß die durch denselben von Blinden geschriebene Schrift erhöht hervortritt und daher für den Blinden lesbar ist; derselbe kann das Ganze nicht mit den Augen, wohl aber mit den Fingern durchlaufen, mithin jede Verbesserung oder Hinzufügung vornehmen, ehe er das Ganze absendet. Alle derartigen Apparate zu sammeln und zu prüfen, um gleichsam, so viel irgend möglich, ein Museum von Hülfsmitteln zur Blindenerziehung zu errichten, ist ein Theil der Aufgabe, welche das Institut in der Euston straße sich gestellt hat und auch zu erfüllen hofft.

Alle Mittel, durch welche die Hauptgegenstände vermittelst des Tast= sinnes den Blinden zum Verständniß gebracht werden können, dürften zugleich als Beitrag zum Blinden=Museum dienen, als alle Arten aus= gestopfter Thiere, ferner Insekten und vegetabilische Produkte, Schaltthiere, die verschiedenen Kornarten, Mineralien und Kleiderstoffe — nichts wird in einem solchen Museum am unrechten Platze sein, das, ohne Schaden zu verursachen, vorsichtig berührt werden könnte. Personen, welche in irgend einem Theile der Naturwissenschaft, die den Blinden zugänglich gemacht werden können, Sammlungen besitzen und in diesem doppelte Exemplare haben, welche sie ablassen wollen, werden einen großen Nutzen stiften, wenn sie dieselben dem Museum übermachen; Herr Levy wird schon wissen, wie er dieselben verwenden kann.

Das musikalische Talent wird bei den Blinden sehr häufig gefunden. Die besten Mittel, um dieses Talent zu entfalten und dasselbe sowohl zur künstlerischen Ausbildung Anderer zu verwenden, als auch dem Be= sitzer selbst ein werthvolles Gut durch dasselbe mitgeben zu können, hat die Gesellschaft sich mit zur Hauptaufgabe gestellt, welche sie auch nie aus dem Auge verliert. Wenn auch bis jetzt nur wenig für den musi= kalischen Unterricht gethan werden kann, so geschieht doch von Seiten der Anstalt so viel, als irgend möglich ist. Beträchtliche Mittel und die Zeit müssen hier gemeinschaftlich wirken, um für die Blinden die Aneignung der Musik zu einer segensreichen Hülfsquelle zu machen.

Indem wir nun wieder zu dem Hauptzweck des Unternehmens zu= rückkehren, nämlich die Aufsuchung und Herbeischaffung besserer Existenz= mittel für die armen blinden Handwerker, haben wir noch nachzuweisen, in welchem Maße das Wirken des Ladens für diejenigen sich wohlthätig bewiesen, welche Hülfe suchend zu ihm sich wandten. Zur Zeit ist der= selbe in den Stand gesetzt, 56 blinden Männern und Frauen Beschäf= tigung zu gewähren; von diesen sind 20 in ihren eigenen Wohnungen mit regelmäßiger Arbeit versehen; 21 werden in der Niederlage der

Gesellschaft belehrt und verwandt und 15 entweder abwechselnd in ihren Häusern beschäftigt oder als Verkäufer des Instituts benutzt. Einige dieser Leute sind dem Bettlerleben und dem Müssiggange in den Straßen Londons entzogen, und es finden sich in den Büchern der Gesellschaft nicht weniger als 27 Namen von Personen — deren einige noch jetzt Bettler — welche nichts sehnlicher wünschen, als daß ihnen die Gelegenheit geboten werde, ihr Brod redlich durch die Arbeit ihrer Hände zu verdienen. Die Darbietung dieser Gelegenheit verschieben zu müssen, ist eine traurige Nothwendigkeit. Von der Anzahl der Kunden des Ladens hängt die Menge der zu verabreichenden Arbeit ab, welche erst nach genauer Erwägung der gegebenen Verhältnisse an die zu helfenden Personen vertheilt wird. Bei manchen dieser Personen ist eine regelmäßige Beschäftigung, wenn auch nur zum Betrage von 18 Pence die Woche hinreichend, um ihren Muth und ihre Hoffnung aufrecht zu erhalten, und denjenigen eine, wenn auch nur nothdürftige Existenz zu gewähren, welche im Stande sind, bei sich bietender Gelegenheit Beschäftigung auf dem großen Handelsmarkte zu bekommen. Es trifft sich mitunter, daß ein blinder Familienvater mit den Seinigen in großer Bedrängniß sich befindet und daher ein größerer Verdienst, als das einmal festgesetzte Einkommen nothwendig ist; dann wird von der Gesellschaft Arbeit im Betrage von 10 oder 12 Schilling die Woche verabreicht; und in entgegengesetzten außerordentlichen Fällen muß, um eine gerechte Vertheilung walten lassen zu können, Mancher statt eines größeren Verdienstes sich mit einer Einnahme von 6 Schillingen die Woche begnügen.

Um unsern kurzen Bericht über diesen Gegenstand noch etwas zu vervollständigen, fügen wir noch hinzu, daß blinde Agenten in Plymouth, Canterbury, Hereford, Reading, Norhill und Willmington sich damit beschäftigen, die verfertigten Waaren zu verkaufen; daß ferner viele der neuen Gewerkzweige, welche zuerst in der Eustonstraße gelehrt worden, von mehreren der bestehenden Blindenschulen mit gutem Erfolg angenommen sind, und daß ein Theil der milden Gaben, welche etliche Menschenfreunde dieser Anstalt haben zufließen lassen, dazu bestimmt ist, einen zweiten Laden in dem westlichen Theil der Stadt zu errichten, dem vielleicht mehr Kundschaft sich zuwenden dürfte, und durch den dann einer Klasse von Unglücklichen, die ein Bedürfniß nach Beschäftigung hegen, ferner Arbeit zugewiesen werden könnte.

Die letzte Bestrebung, mit der sich die Genossenschaft beschäftigte, war die Errichtung eines größeren Wohnhauses für blinde Arbeiter, da das jetzige nur 6 oder 7 Bewohner aufnehmen kann, welche gegen Zahlung von 9 Schilling für Männer und 7 Schilling für Frauen die Woche, dort Wohnung und Beköstigung erhalten. Hiebei ist noch zu bemerken, daß es den Blinden vermöge der nothwendigen Langsamkeit ihrer Arbeit schwerer fallen muß, sich die Annehmlichkeiten des Lebens zu verschaffen, als den sehenden Arbeitern, daher erstere denn auch durch den Aufenthalt in einem gut eingerichteten Genossenhause jedenfalls sich stets wohler und zufriedener finden werden. Im Allgemeinen steht es wohl fest, daß die blinden Hausväter in ihren Erwerbsquellen sehr begrenzt sind, und es daher immer schwerer finden werden, mit den geringen Mitteln das Nöthige zur Beschaffung des täglichen Unterhaltes, zur Herstellung der Kleidungsstücke und der sonstigen kleinen, aber nothwendigen Bedürfnisse des Lebens zu erwerben.

Die Dichterakademie der blinden Bettler in Palermo.

Der italienische Aesthetiker Vigo berichtet hierüber Folgendes: Auf der ganzen Insel Sicilien treiben die Blinden die Kunst der Musik und des Gesanges; die unzählige Menge der Tabernakel und Kapellen, in denen Heiligenbilder verehrt werden, die Namenstage der Schutzpatrone, das Weihnachtsfest, die Tage des heiligen Joseph, der Maria und Rosalia, die heilige Woche, der Märzen-Freitag, die Marien-Mittwoche, außerdem Hochzeiten, Ständchen, Karneval, alles dieses giebt ihnen vollauf Beschäftigung. Man findet sie daher in beständiger Thätigkeit. Von einem Ende Palermo's zum andern sieht man sie an der Hand eines Knaben gehen, um zur Geige oder Guitarre zu singen, als: Lobgesänge auf die Heiligen, Canzonen von Liebe, Eifersucht, Verschmähen, oder auch Banditengeschichten von Testalogna, Fra Diavolo, Tabuso, Buzza. Sie sind so sehr beschäftigt, daß sie sich nur auf ausdrückliche Bestellung einfinden. In Palermo bilden sie eine förmliche Akademie mit eigenen Statuten.

Die merkwürdige Geschichte blinder Troubadoure ist folgende: Im Jahre 1661 vereinigten sich die Blinden jener Stadt und erhielten die Erlaubniß, sich als Congregation zu constituiren, wozu ihnen einige mitleidige Bürger eine jährliche Rente von 42 Unzen, etwa 70 Thaler schenkten, um die Kosten des Vereins zu bestreiten. Im Jahre 1690 bewilligte ihnen der Jesuitengeneral Tirso Gonzales als Ort der Zusammenkunft die Vorhalle des Profeßhauses, wo sie sich auch noch heute versammeln. Als später der Orden vertrieben wurde, fuhren die Blinden dennoch fort, dieses Local zu benutzen. Die Jesuiten kehrten zurück. Der König schenkte ihnen den dritten Theil der Einkünfte aller Congregationen, die im Profeßhaus zusammenkamen. Die armen Blinden beklagten sich, daß der Orden Jesu ihnen die ganze Rente eingezogen und wiederholten ihre Klagen, um nicht das Recht der Reclamation zu verlieren. In Folge ihrer unablässigen Forderung gab ihnen Ferdinand IV. endlich im Jahre 1815 eine jährliche Rente von 14 Unzen, etwa 23 Thaler, welche er auf bie nicht befetzten Bifdhofstifdje ausfdhrieb. Seither prozeffirten bie Blinden mit bem Orden Jefu, und biefe armen lichtlofen Sänger im Bettlerkleibe kämpften hartnäckiger gegen benfelben als bie Jlluminaten. Die Jefuiten wollten bie Blinden aus bem Profeßhaufe vertreiben, aber fie wollten nicht weichen, benn fie beftanden auf ihren verbrieften Rechten, bie fie weder lefen, noch überhaupt mit ben Augen fehen können.

Während ber Duca bi Lurenzana Sicilien regierte, erlangten fie fogar einen Minifterialbefehl ber Statthalterfchaft, welcher ausbrücklich verbot, fie aus bem Profeßhaus zu treiben. Die Blinden verfchloffen biefes gerechte und rühmliche Decret ber Regierung in ihren Diplomkaften mit brei Schlöffern, in welchem fie alle auf ihre Zunft bezüglichen Ur= kunden aufbewahren. Vigo erzählt, baß fie felbft ihm, einen ihrer Wohl= thäter, bie Einficht in jene Papiere nicht geftatteten, wahrfcheinlich arg= wöhnend, er könne ein Emiffär ber Jefuiten fein.

Da es bem Orden Jefu nicht gelungen, bie Blinden zum Weichen zu bringen, fo können fie fich mit vollem Recht einen Sieg über ben= felben zufchreiben. Wahrlich ein feltfamer und zugleich rührender Triumph bes erblindeten und bettelnden Orpheus über ben furchtbaren und heiligen General Jgnatius Loyola!

Die Congregation ber Blinden befteht aus 30 Mitgliedern, alle Mufiker und Sänger. Einige find Finder von neuen Reimen, andere von Rhapfoden, welche jene fingen und verbreiten. Sie verpflichten fich, nicht in fchlechten Häufern zu fingen, noch auf ben Straßen profane Poefieen vorzutragen, jeden Tag ben Rofenkranz zu beten, jebes Jahr am 2. November 10 Gran für bie Tobtenfeier ber verftorbenen Blinden zu bezahlen und 1 Tari für bas Feft ber Immaculata am 8. Dezember. Sie haben einen Kaplan, ber ihnen täglich bie Meffe lieft, bei bem fie auch jeben erften Donnerstag im Monat beichten und bem fie ihre Poefieen zur Durchficht vorlegen müffen. Außerdem regieren fie fich burch ihre Beamten, einen Superior, zwei Conjuncten, fechs Confula= toren. Solz auf ihre Gefellfchaft, rühmen fie fich, Genoffen ber Con= gregation ber heiligen Maria Magbalena in Rom zu fein und ihr ge= heimnißvoller Kaften verfchließt ben gnabenreichen Erlaß bes Bifchofs Mornule, ber Jebem, welcher einen Blinden eine geiftliche Poefie vor= tragen läßt, einen Ablaß von 40 Tagen gewährt. Früher war jeber Zunftgenoffe gehalten, ber Congregation am 8. Dezember eine neue Poefie zum Lob ber Madonna vorzutragen, boch ift biefer Gebrauch jetzt erlofchen.

Wenn ihre Zufammenkunft ftattfindet, ift es rührend, biefe Armen, wie eben fo viele blinde Homere, im Kreife umher fitzen zu fehen, in fonderbaren Haltungen, voll glühenden Eifers, Einer bem Andern ben allgemeinen Beifall ftreitig zu machen, und Einer bem Andern feine neue Poefie und Mufik vorzutragen, während bie Kinder, ihre Führer, auf eine Weile von ber Mühe ihres Dienftes befreit, alle zufammen auf ber Erbe kauern und fich kindlichem Spiel überlaffen.

Diese kurze Schilderung Vigo's von der Akademie der Blinden liefert ein ansprechendes Gemälde aus dem Leben des armen Volkes, wofür man ihm zum Dank verpflichtet ist. Diese Schilderung spricht gewiß mehr an, als jene der langweiligen und anspruchsvollen Akademieen und Reimgesellschaften in den Städten Italiens, wo Herren und Damen ihre überkünstelten Sonette noch immer, wie zu Marini's Zeit hören lassen. Und es wird kaum irgendwo ein Dichter = oder Sängerbund gefunden werden, dem es wie jenem in Palermo, so heiliger Ernst mit der Sache wäre. Vigo hat leider keine der Poesieen jener blinden Sänger mitgetheilt, aber wie dieselben auch sein mögen, und welche vielleicht schrillen Töne auch mitunter ihrer Geige entlockt werden, für sie sind dieselben Tröster und Ernährer.

Vorschlag zu einer Blinden = Versicherungsbank.

Nur zum Besten meiner künftigen Unglücksgefährten, also keineswegs aus eigenem Interesse, mache ich hiemit den Vorschlag zur Errichtung einer Blinden = Versicherungsbank.

Grausenvoll ist die Nacht, die dem Blinden alles verbirgt, was Natur und Kunst durch das Auge vor die Seele stellt, schrecklich ist die Kluft, welche ihn von dem geselligen Leben trennt; schrecklicher aber als jene Nacht und diese Kluft sind die Entbehrungen vieler erlaubter Genüsse, mannigfacher Bequemlichkeiten und Freuden, denen der Blinde bei Entbehrung des Lichts zugleich mit ausgesetzt ist. Da er nicht, wie Mancher glaubt, aufhört, ein Individuum zu sein, so sind auch seine Bedürfnisse keineswegs vermindert, sondern gerade durch sein Gebrechen mannigfaltig vermehrt. Der Blinde fühlt Schmerz und Freude in einem weit höhern Grade als jeder Sehende und hat eben soviel, ja noch gerechtere Ansprüche auf Lebensgenuß, als jener: und dennoch will man ihm dieselben bisweilen absprechen. So schief auch diese Ansicht ist, so ist sie doch allgemeiner, als man glauben könnte, und wenn sie auch nicht immer laut ausgesprochen wird, so findet sie dennoch, freilich nur bei lieblosen Menschen, statt, welche dadurch ihre eigene Härte beschönigen wollen. Da doch kein Mensch, bei der größten Vorsicht und bei vollkommener Gesundheit, auch nur eine Stunde vor der Gefahr des Erblindens sicher ist, so muß man sich wundern, daß noch kein Vorschlag zu einer Blinden=Versicherung zur Sprache gekommen ist. Der Blinde kann und muß zwar, so lange er noch jung, gesund und kräftig ist, irgend etwas ergreifen, wodurch er die Mittel zu seiner Erhaltung erwerben kann; soll er aber vielleicht noch außer seiner Person für die

Bedürfnisse einer Familie sorgen, so wird dieß nur selten zu ermöglichen sein.

Die mancherlei Fälle abgerechnet, in welchen der gesündeste Mensch durch eine heftige Erkältung oder durch äußere Verletzung die Augen plötzlich verlieren kann, ist schon die Zahl derer sehr groß, welche durch anhaltende Beschäftigung am Schreibtische ihre Augen angreifen und der Erblindung leicht ausgesetzt sind, zu welchen auch mehrere Handwerker und Künstler gehören, z. B. Schriftsetzer, Kupferstecher, Uhrmacher, Goldarbeiter und alle diejenigen, welche vor starkem Fener arbeiten oder sich mit der Nadel nähren müssen. Schon diese allein könnten einen bedeutenden Verein bilden, an welchen sich noch die Zahl derjenigen anschließen würde, welche die Zweckmäßigkeit desselben einsehen. In dem Pfennigmagazin der Gesellschaft zur Verbreitung gemeinnütziger Kenntnisse Nr. 175, Jahrgang 1836, Seite 255 ist ein Aufsatz befindlich, in welchem die Zahl der Blinden in verschiedenen Ländern aufgeführt wird. Im Jahre 1831 befanden sich in den preußischen Staaten unter 13,038,960 Einwohnern 9212 Blinde, also unter 1415 Seelen einer. Angenommen, daß ein Drittheil dieser Blinden aus Blindgebornen bestände, welche Zahl gewiß eher zu gering, als zu hoch ist, so fände sich also unter 1886 Individuen ein erblindeter. Da es jederzeit unmöglich sein und bleiben wird, diese Gesammtzahl zu einem Blinden=Versicherungsinstitut zu vereinigen, indem zwei Drittheile aus solchen sich demselben nicht anschließen werden, weil sie Geiz, Mißtrauen, Befangenheit oder Leichtsinn davon abhält, so bleibt nur ein Drittheil, auf das man Rechnung machen kann, 628 Individuen. Diese 628 Individuen steuerten demnach zur Unterstützung eines erblindeten Vereinsgliedes. Machte sich jeder von diesen verbindlich, 8 gGr. jährlich an die Bank zu zahlen, so würde die Summe von 209 Thlr. 8 gGr. zusammenkommen und nach Abzug der unvermeidlichen Kosten zur Bestreitung der Geschäftsführung für den Erblindeten eine sehr ansehnliche Unterstützung gewähren.

Bei der Lebensversicherung beabsichtigt Derjenige, der dem Vereine beigetreten ist, Personen, welche ihm theuer sind, nach seinem Tode gegen drückenden Mangel nach Verhältniß sicher zu stellen: wo ist aber ein Mittel ihn davor zu schützen, daß jene Personen nicht bei seiner Lebzeit schon in drückende Noth gerathen und er selbst mit ihnen zugleich, wenn ihn nämlich das Unglück träfe, zu erblinden? Ist irgend Jemand des Erblindens sicherer als vor Unglück und Verlust durch Fener, Hagelschlag u. dgl., wogegen es überall Versicherungen giebt? Ist wohl Jemand so gleichgültig gegen sich selbst, daß ihm sein eigenes Wohl, während der Dauer seines Lebens weniger am Herzen läge, als das Wohl der Seinen nach seinem Tode? Und leiden die Seinen nicht selbst mit ihm, wenn jener unglückliche Fall der Erblindung eintreten sollte? Eine jährliche Ausgabe von etwa 10 Silbergroschen zu einem Zweck, wie der hier vorliegende ist, wird auch der Sparsamste nicht scheuen, und der Aermste, wenn er sonst nur will, erschwingen können. Ob nun gleich manche

Hinderniffe, Geiz, falſche Scham und das Mißtrauen in den Weg treten werden, ſo bin ich doch feſt überzeugt, daß mein Vorſchlag ausführbar iſt, und früher oder ſpäter in's Leben treten wird. Es kommt nur darauf an, daß ein einziger Mann es ernſtlich unternimmt und einige ſeiner ihm gleichgeſtimmten Freunde zu gewinnen ſucht; dann wird gewiß die Zahl der Subſcribenten ſchnell zunehmen.

Es wird ſich der Stifter einer Blinden-Aſſecuranz nicht minder um die leidende Menſchheit verdient machen, als irgend ein Held, Gelehrter oder Künſtler.

Die Fürſten Deutſchlands und begüterte Menſchenfreunde würden gewiß zu der Begründung eines Fonds das Ihrige beitragen, ſobald nur erſt ein Verein in hinlänglicher Zahl zuſammengetreten wäre. Auch würde eine Vereinigung dieſer Aſſecuranz mit irgend einer Lebens-Verſicherungsbank nicht allein die Koſten der Geſchäftsführung erleich= tern, ſondern auch das größte Hinderniß, das Mißtrauen, gänzlich beſeitigen.

Dringend, ſehr dringend bitte ich dieſen Aufſatz zu beachten. Wer es unmöglich hält, jemals erblinden zu können, den bitte ich, die kleine Ausgabe von 10 Silbergroſchen, die er jährlich zahlen ſollte, als ein Almoſen zu betrachten, das er dem Aermſten aller Armen freiwillig dar= bringt. Dem Erblindeten bringt er es, den weder Stand, noch Wohnort, noch Religion, noch irgend ein Verhältniß unter irgend einem Vorwande von dem allgemeinen Mitleid ausſchließen kann und darf.

Gedichte von Blinden.

Mutterlust.

Wohl ist vor Allem in der Menschenbrust
Das köstlichste Gefühl die Mutterlust;
Kein Dichter schilbert's treu im Harfenklang,
Wie lieblich auch erschalle sein Gesang.

Kein Wonnekuß und keiner Blume Hauch,
Kein Nachtigallenlied im Frühlingsstrauch,
Nicht Seligkeit in Amor's Paradies
Ist wie die Mutterlust so wundersüß.

Was die beglückte Braut im Busen fühlt,
Wenn ihre Stirn das Myrthenreis umspielt,
Ist nur ein schwacher Abglanz jener Lust,
Die himmlisch säuselt durch die Mutterbrust.

Wenn sie das Kind voll Liebe an sich drückt,
Fühlt sich die Mutter unnennbar beglückt.
Und lächelt sie der kleine Liebling an,
Scheint eine schön're Welt ihr aufgethan.

Reicht Kronen ihr, verlangt das Mutterglück:
Gewiß! gewiß! sie weis't sie kalt zurück;
Der kleine Schatz, den sie am Herzen hält,
Gilt höher ihr, als eine ganze Welt.

Und aus des Lieblings mildem Augenpaar
Lacht ihr ein Wonnehimmel sonnig klar,
Sie lebt nur für ihr Kind, und in der Noth
Scheut selbst die treue Mutter nicht den Tod.

Mutterangst.

Umsonst sinn' ich auf Wort' und Bilder nach,
Worin ich auszudrücken es vermag,
Welch' ein Gefühl durch's Herz der Mutter weht,
Wenn sie am Bett des kranken Kindes steht.

Wehmuth hält mächtig ihr Gemüth erfaßt,
Schwer liegt auf ihrer Brust des Kummers Last,
Wie ängstlich ihr das Herz im Busen schlägt,
Ist klar in ihrem Auge ausgeprägt.

Liebkosend hebt das Kind sie auf den Schooß,
Ach! ihre Sorg' ist groß, unendlich groß!
Herzinnig küßt sie es auf Wang' und Mund
Und seufzet tief: „Ach! wärst Du doch gesund!"

Wohl oftmals wiegt und singt sie es zur Ruh',
Doch schließt ihr müdes Auge sich nicht zu;
Von der Getreuen wird fast jede Nacht
Am Bettchen unter Thränen still durchwacht.

Oft schaut sie betend zu den Sternenhöh'n;
Allmächtiger, erhör' mein heißes Fleh'n;
Erhalte mir mein Kind, o komm herab,
Laß' es nicht sinken in das frühe Grab!

Fern bleibt von ihr des Lebens eitle Lust,
Sie ist nur ihrer Sorge sich bewußt;
Was sie auch thut, was sie auch immer sinnt;
Sie denkt an nichts, als an ihr krankes Kind.

Mit ihm verkettet sie ein heilig Band,
Gewoben ward es von des Schöpfers Hand,
Und darum ist es auch so stark und fest,
Daß es vom Tod sich nicht zerreißen läßt.

————

Mutterschmerz.

Dort steht die bleiche Mutter, gramerfüllt,
Von düst'rem Trauerschleier eingehüllt,
Sie seufzt aus bangem Herzen schwer und tief
Am Sarg des Kindes, das der Himmel rief.

Gleich einer Knospe, die der Sturm geknickt,
Mit bunten Blüm'chen liebevoll geschmückt,
Ein Myrthenkränzchen im gelockten Haar,
So liegt es schlummernd auf der Todtenbahr'.

Mit einem Blick, den Niemand schildern kann,
Schaut ihr verklärtes Kind die Mutter an.
Ach, für die Arme, die der Schmerz umtost,
Giebt's in der Trennungsstunde keinen Trost.

Entflohen ist ihr alle Lebenslust,
Nur treue Liebe blieb in ihrer Brust,
Voll Zärtlichkeit drückt sie beim Scheidegruß
Auf ihres Kindes Mund den letzten Kuß.

Doch jetzt erschein', o Trostesengel, Du!
Vor ihrem Auge schließt der Sarg sich zu!
Komm', bring' der Mutter Kraft in ihrer Qual!
Man trägt das theure Kind in's Todtenthal.

Zum Friedensgarten wankt sie zitternd nach;
Schon sinkt der Sarg in's kühle Schlafgemach.
Ach, brechen will vor Jammer ihr das Herz,
„Schlaf' sanft, mein Kind!" stöhnt sie im bangsten Schmerz.

In's Grab hinab strömt ihrer Thränen Lauf,
Doch Hoffnung zieht ihr Auge himmelauf;
Voll Glauben an ein Wiederfinden dort
Geht sie mit sanft'rem Schmerz vom Grabe fort.

Trost.

Ob düst're Wolken Dich umzieh'n,
Geduld, o Herz, Geduld!
Laß' nicht den Lebensmuth entflieh'n,
Vertrau' des Höchsten Huld!

Log' auch die Hoffnung, sei getrost!
Besänftige den Schmerz!
Wie stark der inn're Sturm auch tost,
Schau' gläubig himmelwärts.

Dort oben, wo so silberklar,
Sich Stern an Sternlein drängt,
Da wohnt ein Gott, der wunderbar
Des Pilgers Schicksal lenkt.

Gar oft führt er durch's tiefste Leid
Zum allerhöchsten Glück;
Sein Wink verscheucht die Prüfungszeit,
Ruft neue Lust zurück.

Verzag im bangsten Kummer nicht!
Gott hilft aus aller Noth;
Auf Regen folget Sonnenlicht,
Durch Nacht bricht Morgenroth.

Frisch auf! die Hoffnung neu erfaßt!
Nur Muth, o Herz, nur Muth!
Trag' mit Ergebung Deine Last,
Einst wird auch alles gut.

Ermuthigung.

Und ob auch Schicksals=Stürme toben,
Sei männlich, stark und stehe fest,
Erheb' den Blick getrost nach oben,
Zum Vater der Dich nicht verläßt.

Und ob auch alle Deine Blüthen
Mit aller Hoffnung Dir verblüh'n,
Halt' fest an Gott, dann wird der Frieden,
Aus Deiner Seele nimmer flieh'n.

Und ob sich rings im Weltgetümmel
Kein Ausweg zeigt aus Deiner Nacht,
O glaube, daß Dein Gott im Himmel
Noch retten kann, er hat die Macht.

Ja helfend wird er Dir begegnen,
Wenn es dir frommt; — nur festen Muth!
Denn er kann lieben nur und segnen,
Sein Weg ist weise, recht und gut.

Neues Leben.

Traute Schwalben rückwärts zieh'n,
   Seht, den holden Lenz sie führen.
Lämmer hüpfen, Veilchen blüh'n,
Vöglein in des Waldes Grün
   Fangen an zu musiciren.

Neues Leben, neue Luft
   Bringen uns die alten Lieder,
Schneller klopfet jede Brust,
Alles jauchzt, sich frohbewußt,
   Echo gibt den Jubel wieder.

Sehnsuchtsvoll, mit frischem Muth
   Nimmt ein Bursche nach dem andern
Bündel, Wanderstab und Hut
Und beginnt mit leichtem Blut
   Weiter in die Welt zu wandern.

Jeder Wind und jeder Fluß
   Trägt in eine Heimath gerne
Wandrer's Liebesgruß und Kuß, —
Aber seinen Thränenguß
   Bringen Wolken aus der Ferne.

*

Der Frühling naht.

Der Frühling naht, der Frühling naht!
Zahllose Wesen freu'n sich d'rauf,
Durch's weite Land sproßt grüne Saat,
Und tausend Knospen springen auf.
   Hoch schwillt das Herz in jeder Brust,
   Vor lauter Lust!

Der Frühling naht, der Frühling naht,
Rings strömt er Lieb' und Leben aus,
Er kräftigt uns zu Werk und That
Und zieht allmächtig uns hinaus;
   Da jubeln Vöglein wunderschön
   Durch Thal und Höhn!

Der Frühling naht, der Frühling naht,
Und Freude bringt er allerwärts,
Mit Hoffnung säumt er jeden Pfad,
Und flößet Trost ins kranke Herz;
    Sein Balsamhauch bringt ins Gemüth,
    Die Trauer flieht.

Der Frühling naht, der Frühling naht;
Ein Garten wird die weite Flur;
Drinn treibt und wächst es früh und spat,
Und überall ist Gottes Spur.
    O, jauchzt dem Schöpfer Preis und Dank
    Im Lenzgesang.

Schlußwort.

— · —

In dem Vorstehenden, sowie in den Gedichten von Schicksals=
genossen sind blos die traurigen Erfahrungen, welche die Blinden durch
ihren Mangel zu machen genöthigt sind, angedeutet. Es ist gewiß nicht
zu rechtfertigen, wenn die vom Himmel durch die köstliche Gabe des
Augenlichtes Bevorzugten die Behauptung aufstellen, der Blinde fasse
die Verhältnisse von einer zu finsteren Seite auf und sei daher in seinem
Urtheil über die Handlung der Sehenden ihm gegenüber zu strenge. Es
wäre in der That von Herzen zu wünschen, daß diese Behauptung ge=
gründet, aber leider sind der traurigen Erfahrungen nur zu viele, daß
das Vertrauen der Blinden von Sehenden in einer Weise gemißbraucht
wird, die kaum eine Feder zu schildern im Stande ist; denn wer möchte
es glauben, daß die Thatsachen vorliegen, wie z. B. von einem Sehenden,
dem ein Blinder sein ganzes Vertrauen geschenkt, für Letzteren ein=
gehende Briefe erbrochen, etwas ganz anderes geschrieben, als verlangt
worden, kurz, kein Mittel gescheut hat, um sich in die von dem Blinden
geschaffene Stelle selbst zu setzen; wie dann später ein anderer Sehender,
dem derselbe Blinde auch sein volles Vertrauen geschenkt, ihm ein Stück
weißes Papier statt der quittirten Rechnung einhändigt, aus einem Cassa=
buch die vollständige Abrechnung vorliest, in welches aber, wie sich später
ergab, nichts eingetragen war, — als dann jener Betrüger wegen auf=
gedeckter Unterschlagung von 400 Thlr., den Blinden heimlich verließ,
dieser durch die betreffenden Behörden ihn wollte zur Verantwortung
ziehen lassen, diese nicht nur ihre Hülfe versagten, sondern fußend auf
lügenhafte Erzählungen jenes Nichtswürdigen, auch von ihrer Seite den
Blinden zu verdächtigen suchten und seinem Streben derartige Hinder=
nisse in den Weg legten, daß er ein von ihm nach jahrelangen Mühen
gegründetes Institut, das im Aufblühen begriffen war, wieder aufgeben
mußte.

Gegenüber solchen nur schwach angedeuteten Verfolgungen, thut es
dagegen innig wohl, wenn von anderer Seite das Streben des Blinden,
für seine Leidensgenossen eine bessere Lebensstellung zu schaffen, nicht nur
gewürdigt, sondern auch kräftigst unterstützt und gefördert wird.

Es hat daher diese Schrift nur den Zweck, durch ihre Verbreitung die Herzen der Sehenden dem Blinden zuzuwenden, damit diese durch freundliches Entgegenkommen ihre traurige Lage minder tief fühlen und ihnen dadurch ihr Zustand erleichtert wird. Möchte deshalb kein Blinder in seiner Gemeinde unbeachtet bleiben und für dessen Ausbildung und daher nützliche Verwendung in der menschlichen Gesellschaft liebevoll gesorgt werden.

Wenn dieses auch nur in einem kleinen Maße geschieht, so wird, indem dieses Schriftchen seinen Zweck erfüllt, das Herz des Verfassers sich stets zum aufrichtigsten Dank im Namen seiner Leidensgenossen verpflichtet fühlen.